觉醒 1

疯狂进化

[法] 让-巴蒂斯特·德帕纳菲厄 著
胡婧 译

GUANGXI NORMAL UNIVERSITY PRESS
广西师范大学出版社
·桂林·

FENGKUANG JINHUA

出版统筹：汤文辉　　　　责任编辑：霍　芳
质量总监：李茂军　　　　助理编辑：屈荔婷
选题策划：郭晓晨　张立飞　　美术编辑：蒙海星
版权联络：郭晓晨　张立飞　　　　　　刘冬敏
责任技编：郭　鹏　　　　营销编辑：宋婷婷

L'Éveil – Stade 1
Author : Jean-Baptiste De Panafieu
Illustrator: Léonard Dupond

著作权合同登记号桂图登字：20-2021-310 号

图书在版编目（CIP）数据

觉醒. 1，疯狂进化 /（法）让-巴蒂斯特・德帕纳菲厄著；
胡婧译. —桂林：广西师范大学出版社，2022.4
ISBN 978-7-5598-4603-7

Ⅰ. ①觉…　Ⅱ. ①让…　②胡…　Ⅲ. ①儿童小说－幻想
小说－法国－现代　Ⅳ. ①I565.84

中国版本图书馆 CIP 数据核字（2022）第 007327 号

广西师范大学出版社出版发行
（广西桂林市五里店路 9 号　邮政编码：541004
网址：http://www.bbtpress.com）
出版人：黄轩庄
全国新华书店经销
北京盛通印刷股份有限公司印刷
（北京经济技术开发区经海三路 18 号　邮政编码：100176）
开本：880 mm × 1 240 mm　1/32
印张：8.75　　　　字数：150 千字
2022 年 4 月第 1 版　　　2022 年 4 月第 1 次印刷
定价：39.00 元

目　录

第一章　三　月

优佳食品公司

法国布列塔尼大区的行政长官刚刚批准了本公司在本地的阿雷山脉地区建立一家养殖十万头猪的农场的申请。优佳食品公司对这一决定表示赞赏，因为它满足了消费者的需求，使消费者能在将来以优惠的价格买到优质肉类。当然，这家新型养殖农场将严格遵守环保方面的所有规定，为保护地下水和应对气候变暖作出贡献。

小白鼠用后腿站立着，头部缓缓地左右转动，仿佛在评估两个选项：右边还是左边？奶酪还是萝卜？怎样选择正确的一边呢？

劳拉在大大的透明盒子前弓着腰，这名年轻的女研究员正在试图想象动物的思维：这一切究竟是无意识的行为还是理性的选择？小白鼠真的会思考吗？这颗小小的脑袋是否能对其所处的环境形成初步意识呢？在试验过程中，她经常会问自己这个问题：换位思考就是站在对方的角度看问题，然而对方是一只小白鼠，我如何确保自己没有弄错，如何设想一只小白鼠的真实想法或至少是感受呢？

眼下这项试验或许可以帮助她初步解开心中的疑惑。这是她第三次让一只编号为 A27 的小白鼠穿越迷宫——编号的目的是将它区别于其他同类。在第一次测试中，这只小小的啮齿动物表现正常，用五十五秒便找到了奶酪——就该测试而言，这是个不错的成绩。A27 所属的小鼠品种生长速度快，在所有小鼠品种中智力位居中等。劳拉选择该品种是为了测试她为刺激鼠类大脑而创建的基因组合物质，她给这个组合取了个昵称，叫头脑工匠。在注射了该物质以后，原则上，小鼠应该能更好地记忆它们面前的事物，进而在迷宫中有更好的表现。正因如此，她才故意不挑智力超群的小鼠品种，这样更容易衡量它们是否有进步。

劳拉工作的实验室归一家名为碧欧基泰克的生物技术公司所有，这家公司的探索领域之一是阿尔茨海默病及其他影响大脑的疾病的遗传基础研究。劳拉的专长是基因修补（较官方名称神经遗传工程而言，她更喜欢这个术语）。几周前，她把神经细胞的重要基因组合到了一起，并将它们融入了一种病毒——当然，该操作是在杀灭病毒活性之后进行的。然后，她把这种合成病毒注射到了小鼠体内，其中就包括编号为 A27 的这只。在第二次测试中，这只小鼠的表现有了一点儿改善，它的行为出现了变化：它没有再四处乱窜，而是停了下来，好像在思考，然后毫不犹豫地朝着正确的方向冲过去。这就是劳拉对它感兴趣的原因。幸运的话，病毒已经起作用了，而且……

忽然，她感到自己的迷你移动电话在振动。她把它像项链一样挂在脖子上。这个亮闪闪的、水滴形状的迷你电话看起来就像缟玛瑙或黑曜石一类的黑色宝石。这是她弟弟加布里埃尔送给她的二十五岁生日礼物。它能够识别语音指令，即使她正因摆弄小鼠或操作测量工具而腾不出双手，也照样可以接听电话。她不想错过重要的来电，然而实验室的一切也很重要！电话那头是她的老板路易·格兰贝尔，他想知道她正在酝酿的一篇文章的进展。她向对方解释自己最近没时间写文章，不过她已经思考过了，她觉得……

A27 也听到了移动电话发出的嗡嗡声。在过去的三四天里，它逐渐意识到：这个声音会使那些给它喂食并时而将它从一个笼子迁到另一个笼子的白衣巨人产生行为上的变化。它很清楚奶酪在什么位置，但它对此并不感兴趣。它对周遭环境的认知越来越准确了，而且能够预测接下来会发生什么——只需留意那些白衣巨人的动作及其发出的声音即可。他们的举止似乎相当有规律，因此是可以预见的。就在刚刚，它注意到振动声令面前的这个巨人降低了警惕。它已经见过这个巨人好几次了，根据气味分辨，对方应该是个雌性动物，和自己一样。

A27 在迷宫的通道里奔跑起来，短短几秒就找到了萝卜。它推动萝卜沿着刚刚经过的路线滚动，然后爬到萝卜上，以够到门闩，接着根据之前的观察滑动门闩，把笼门打开了。它纵身一跃，蹦出了笼子，落到光滑的地板上，然后立刻躲进黑暗的区域。它不太清楚是什么促使它采取这些行动，却恍然意识到：就连提出疑问这件事于它而言都是前所未有的。

在那个庞大的雌性动物来回走动并发出各种声音之际，A27 蹑手蹑脚地贴着墙壁移动。忽然，一部分墙面在另一个白衣巨人的推动下旋转起来。来者发出了一串声音，随后又沉默了。这时，小白鼠看到了他身后的那条巨型隧道——每次那些白衣巨人将它从关它的笼子带到实验室，都是把它载到一辆手推车上，并推着手推车经过这条隧道。眼前的巨人后退了一步，并开始闭合墙面。A27 决定偷偷跟在他身后。这种冲动令它感到有些困惑，因为这与它一贯胆怯而谨慎的性格背道而驰。它感觉自己身上正在发生一种奇妙的变化，它选择听从自己的本能，一种新的本能。

片刻之后，那个巨人打开了隧道尽头的墙面，耀眼的光线大量涌入。A27 来到了一个它前所未见的世界，这个世界大得难以想象：广阔的绿色地面自它眼前延伸开去，蓝色的天花板遥不可及。它决定收敛视线，只看自己面前的事物，于是钻进了耸立在地面上的一大片“绿色毛发”。这些“毛发”的气味十分鲜美，让它联想到了食物的味道。它沿着直线一路小跑，来到了另一片障碍物前：在几乎裸露的地面上，立着数量众多的、或多或少带有分支的棍状物。

它穿越障碍，到达了另一边，却突然发现自己正面对着一个中等身材的异种生物：这个家伙比它大得多，但比那些白衣巨人小很多。它从未见过类似的生物。对方嗅了嗅它的气味——之前在笼子里时，它和它的同类们也常这样嗅彼此。接着，面前的家伙将利爪一挥，它随即感到一阵剧烈的疼痛直穿它的肋部。它被对方抓出了一道很深的伤口，这可比其他同类搔抓它时留下的小伤痕要严重多了。一种红色的液体从它的肚子里流了出来，染红了它雪白的皮毛。它试图逃跑，但随之而来的第二记重创令它在地上滚了几下。

它还来不及站起身来，猫咪便一口咬断了它的后颈。这只猫粗鲁地玩弄起了自己的猎物，舔了舔小白鼠的鲜血，但发现味道并不怎么样。于是，它穿过花园回到了主人家里。它饿了。

猫的觉醒

我感觉不太好。我得去睡一会儿。

*

我感知到了某种东西……这东西就在我身上。我觉得自己不一样了。现在的我不再是昨天的我。

我好饿。

*

“快来看呀，糖糖在照镜子！”

第一章　三　月

“这不可能，猫咪根本无法在镜中认出自己。”

“可这是真的，快来看呀，我不骗你！”

“也是，它最近确实有点儿异样……”

*

他们提到了“镜子”。我能在里面看到另一个同类，可它又好像不是同类。我感觉我看到的是“我”。这可真奇怪，我在这边，而它在那边。如果我挪动脚爪，它也会同时挪动它的脚爪。

不是“它”，是“我”！“它”就是“我”。我在看“我”，我在打量“我”，我在审视“我”，我是“我”。

“我”身上好脏啊，“我”得把自己舔干净。

令我感到神奇的是：昨天它还根本不是我，我甚至都不曾留意它，今天我却看到了“它”，“它”就是“我”，而我是“我”。

从前，我眼明心瞎，并不知道我是“我”。但现在，我知道了。

*

我于三天前觉醒了。

小白鼠的尸体在青草丛中看起来就像一个小小的白色斑块。一只正在寻找树枝筑巢的乌鸦发现了它，于是降落到了距其几步之遥的地方，然后小心翼翼地向它靠近。与此同时，不远处，一只老鼠正躲在一个破陶罐的阴影里，它也闻到了血腥味。它还来不及弄清楚状况，就被这诱人的气味冲昏了头脑，继而一改往日的谨慎作风。它迅速靠近尸体，将锐利的牙齿刺入一条被血浸红的残肢。正当它准备再次啃咬时，它的余光瞥到了一个急速逼近的黑影，于是它猛地向后一跃，惊险地躲过了乌鸦的利喙。乌鸦用锋利的喙啄向尸体，撕下一块肉，并立即吞下。紧接着，乌鸦用爪抓住小白鼠的尸体飞到了几米开外、靠近街道的地方，那里堆着一摞废旧的布料。它还来不及吞下第二口肉，就因为一个声音变得警觉起来。它一下就辨认出了这个声音——狗的脚爪在人行道上发出的撞击声——于是只好仓皇逃跑。

与此同时，把乌鸦吓走的那条狗用嘴把小白鼠的尸体翻了个个儿。为防止主人抓到它乱吃东西，它知道自己必须动作迅速。于是，它果断伸出舌头，把小白鼠的残骸卷进嘴里，然后一口咽下：这一口可比它平时吃的那些狗粮美味多了。

这条狗被它的主人们命名为小疙瘩。小疙瘩是“女孩儿”，它体型不算太大，却很壮实，鼻头乌黑，毛发卷曲，呈浅赭石色。被领养时它才两个月大。它在厨房里制造过一场“大灾难”：主人发现它时，它竟被掩埋在了一整套有柄平底锅的下面，那些平底锅上至今还留着坑坑洼洼、凹凸不平的痕迹。这是小母狗到新家后的第一次“恶作剧”——正因为那次事件，主人们才给它起了现在的名字。

这天傍晚，轮到阿蒂尔带它出门进行一天中的最后一次散步。夜幕就要降临了，他催促小疙瘩加紧脚步，以快些结束这次遛弯儿。像往常一样，他给这只年轻的母狗卸掉了牵引绳，以便和它在宽阔的人行道上赛跑。当他气喘吁吁地到达终点时，不禁以获胜者的姿态大喊了一声：“我赢啦！”然而，他很快意识到自己的胜利毫无价值，因为小疙瘩压根儿就没有参加比赛——它正在一堆旧衣服里胡乱翻找。阿蒂尔不得不重新给它拴上牵引绳，以迫使它放弃搜寻。

狗的觉醒

他在我身边。我感觉很好。他看着我，对我说话。他挠了挠我的头。我把头枕在他的膝盖上，闭上了眼睛。我吠了几声。他让我别闹。我停止了。我感觉他很高兴。我自在极了。

我在旁边的篮子里翻来滚去，然后睡着了。

*

我的生命里有“他”和“她”，也有阿蒂尔和克莱芒。他们和“他们”一样，但又不完全一样。阿蒂尔似乎更像我。

不，我不能这么想，这样不好。虽然阿蒂尔和我一起玩耍，但他和我不一样。阿蒂尔下命令，而我服从命令。

不，我也并不总是听阿蒂尔的，我对他不像对“他”。和“他”在一起时，我总是立刻服从命令，这很正常。这样很好。和阿蒂尔在一起时，假如我不听话，这样的行为不能算好，也不能算坏……

我不知道。我要去吃东西了。

*

今天，“他”不同了。当“他”说话时，我听到了我所想的。或者说，我想着我所听到的。我也闹不清了。

“他”喊“小疙瘩”时，我能感觉到“他”很生气。我做错了，可我做错了什么？我看着“他”，“他”对我说：“趴下。”

我听出了命令的意味。我趴下了。这可真奇怪，我什么也没想就趴下了。一切是如此自然而然。

此外，“她”也不同了，还有阿蒂尔和克莱芒。阿蒂尔听克莱芒的，但却不总照他说的去做。不过，阿蒂尔很听“他”的话。“他”和“她”是我的主人，同时也是阿蒂尔和克莱芒的主人。克莱芒服从“他”，而我服从克莱芒。“小疙瘩”就是我。我们都是“他们”的狗崽子。

“他”对我说：“到篮里睡觉。”这样正好，我困了。

阿蒂尔对我说：“快来呀。”我嗅到了他对玩耍的兴致。我起身向他跑去。他也奔跑起来，到了外面的花园里。我边跑边吠，他笑了。他一脚踢向小皮球。我追着球跑，然后咬到了球，并把球叼在嘴里，接着继续跑。阿蒂尔大喊：“小疙瘩，把球带回来！”于是我跑向他，把球还给了他。他称赞道：“小疙瘩，真棒！”我高兴极了。这样真好。

突然，屋里传来了主人的呼唤：“阿蒂尔，回家吃饭喽。”

我用嘴拉扯着他的运动短裤，想让他别回去，继续陪我玩。我还没玩尽兴呢。阿蒂尔说道：“不行，我得回去了。”我感受到了他的顺从。

我很难过，因为我还想玩，但我也很高兴，因为我明白他为什么不得不回去，也明白自己为什么会难过。

换作从前，我会难过，然后把一切忘得一干二净。可是今天，我能够谅解了。我理解我的主人，我也理解我自己。

*

我于三天前觉醒了。

乌鸦回到了自己与雄性伴侣正在城市某公园里搭建的鸟巢。它们把精心挑选的树枝堆叠交织在一起，以建造出一个轻巧而又坚固的结构——该结构既要能承受它们的重量，又要能保护雌鸟即将诞下的鸟卵。它们往鸟巢里填充了一些从垃圾桶里找来的塑料袋碎片和碎布条。它们做的工作并不复杂：它们只需用其大而坚硬的喙啄上几下，就能将堆积在街道上的塑料袋或布料撕碎，并扯下一些非常有用的细条。

当雌鸦回到鸟巢时，它的伴侣已经在巢里了——反正这家伙几乎总待在巢里。七年前，这只雄鸦为它单独表演了一系列高难度的飞行特技，并凭借自己的高超水平赢得了它的芳心。就这样，雌鸦选择了对方，并且从未质疑过自己的选择。

雄鸦开始清洁雌鸦的羽毛——这有助于这对鸟类夫妻达

到情绪协调。终于，交配的时间到了。一切都发生得很快。两只乌鸦跳了一段短暂的求欢舞，接着雄鸦飞到了雌鸦的背上，把自己的尾部贴到雌鸦的尾部下方：它们只让彼此的泄殖腔短暂地接触了一下，交配就完成了。接着，雌鸦感到自己要产卵了。

第二天，它在巢里产下了一颗带有褐色斑点的青色鸟卵，接着又产下了另外两颗，产卵间隔为数小时。它还在等待，却是徒劳。它数了数，巢里有三颗卵——只有三颗。从前，关于卵的数量完全是一种模糊的概念。而如今，它却精准地数出了自己的卵的数量……上一次外出飞行后，它就有了一种奇特的感觉，这种感觉还有些朦胧。它开始思考了……

乌鸦的觉醒

我上次产了五颗卵，被海鸥吞食了三颗。剩余的两颗卵孵化后，一只松鸦吃掉了其中一只雏鸟。今天，我在孵三颗卵。我知道我得小心海鸥和松鸦……还有猫。我已经三天没吃东西了。我在我的卵上睡着了。

*

雄鸦时不时会给我喂食，这有助于我保持体力。刚才有几只喜鹊咋咋呼呼地飞了过去，没说什么特别的内容。如果我没听错的话，它们只说了“我在这儿呢”。雄鸦的语言也相当贫乏。尽管它会“嘎——嘎——”地叫，但我认为它并没有觉醒。没错，它有它的用处，可我不知道自己是否还能长期忍耐它……

*

我于三天前觉醒了。

在吃过一小块小白鼠的肉后，老鼠继续按照它平时的路线前进，一路上搜寻着那些仍装有食物的包装纸、被丢弃的面包块儿或废弃的蔬菜。深夜时分，它回到了位于一堵老墙底部的洞口，并经由一条狭长的通道深入地下。该通道连接着一条混凝土管道（此管道从前被用作污水收集器，只有在特大暴雨期间才会被装满），巢穴的入口就开在距连接口若干米远处。

老鼠钻进了右边的第一个通道，用胡须碰了碰它的一个同类，对方透过气味识别出了它，于是放它通行了。此外，对方还在它身上嗅到了小白鼠的气味，以及一种不明气味——该气味太微弱，不足以引起戒心。老鼠最终来到了巢穴中的一个“卧室”，里面已经有另外几只雄鼠在休息了。它清洁了自己的皮毛和爪子，然后迅速入睡了。

老鼠的觉醒

每天早上醒来，我都与前一天不同。我有点儿鼻塞，闻到的气味变弱了，要不然就是我同伴们的体味变淡了。我依旧能够辨认它们，但它们就像躲在一层纱布后面一样。我在以一种前所未有的方式分析它们的气味，嗅觉变弱的损失因思维清晰度的加强而得到弥补。目前来看，情况并不是太糟。但我绝不能完全失去嗅觉，因为我需要借助它来区分朋友和敌人（其他鼠群的老鼠）。

*

我的思维日渐敏锐，也因此展现出了一些优势。我很清楚我该为自己和同伴们做什么。这可以帮助我更快地采取行动。但是迅速并不代表仓促……对于我的每一个行为，我都必须持续不断地权衡利弊。尽管这会使我稍稍放慢速度，但好处是我能够更有效地躲避四处潜伏的危险。一刻不曾消失的恐惧感增强了我的警觉性，这对生存而言是必不可少的。谨慎是安全之母！

*

我注意到我的几个同伴似乎也放慢了速度，仿佛它们已不再采取无意识的行为，而是会思考自己的行为后果。这些同伴清一色都是雄性……如果我没记错的话，正好就是前两天和我打过架的那几只。不知它们是否正在经历与我一样的转变。我需要进一步了解它们的状态。可是如何才能向它们表达这些疑问呢？我的气味根本不足以传达我想分享的所有新信息……

*

我于三天前觉醒了。

第一章 三 月

像每晚一样，热拉尔又在对罗丝喋喋不休；像每晚一样，他们争论的话题又与科科有关。罗丝往科科的食槽里放了一些干草。

“应该放瓜子，鹦鹉吃的是瓜子！科科又不是兔子！”

“你错了，鹦鹉不只吃瓜子，我问过让娜了！”

“可让娜养的是虎皮鹦鹉啊！科科是一只非洲灰鹦鹉①，能一样吗？”

热拉尔和罗丝是在自家门前的绿篱上遇到科科的。夫妻俩已经退休了。为了避免走楼梯，他们特意搬进了现在住的这栋公寓的一楼。老两口儿毫不犹豫地收养了这只鹦鹉，因为它能给他们单调的生活带来一丝新意。科科简直太神奇了——它会说话！每天，它都能轻松学会两到三个新词语。热拉尔尝试教它数数，但小家伙很快就理不清头绪了。比起数数，它更爱看电视。

当初，正是电视的声音吸引了这只灰鹦鹉的注意。那天，热拉尔正百无聊赖地拿着电视遥控器不断换台。忽然，他想起

① 非洲灰鹦鹉是濒危物种，国家一级保护动物。饲养非洲灰鹦鹉属于违法行为。

自己还要出门倒垃圾，于是立即搁下遥控器，无意间让电视停留在了一个纪录片频道——换作平时，他一定会立刻换台——然后窗户也没关就离开了。当时，该频道正在播放一部关于17世纪哲学家的纪录片，节目声音透过大开的窗户传到了街道上……

科科的前主人要出国，于是把它卖给了商店。由于店家给这只灰鹦鹉定的价格太高，所以等了数星期才找到买家。一天晚上，店家因为一时疏忽，没有关好笼门。科科（那时候的名字还叫卡齐米尔）都没弄明白是怎么回事，就糊里糊涂地飞出了笼子。当时店门已关，商店里空无一人。鸟笼所在的房间十分肮脏，其功能相当于一个临时储物间，店家在那里存放的主要是第二天要出售的动物。正当科科探索这个地方时，它猛地撞见了一只从通风口里窜出来的老鼠——通风口的金属网罩已松动。老鼠吓了一跳，情急之下咬了科科的腿部。作为反击，科科狠狠地啄了它一下，然后飞回了自己的笼子里。第二天早晨，当店家打开房门时，科科趁机逃了出去。虽然它的思想还被浓雾笼罩着，但有一点可以肯定：它不该留在那个地方。

在逃离了宠物商店后，科科偶然地降落到了夫妇俩的公寓前。它被他们家里传来的电视声音迷住了。罗丝发现它后，给它递了一碗葵花籽——热拉尔最爱边看电视边嗑瓜子。一开始，他们管它叫雅科，这是一个很适合鹦鹉的名字。但很快，他们就决定采用一种更亲昵的称呼，也就是科科，因为它现在已经是家庭中的一员了。热拉尔曾试图训练它模仿一些政客的嗓音，但它的表现时好时坏，缺乏稳定性。至于罗丝，她更注重与宠物的情感交流："快，科科，亲我一下。来，让我握握你的爪子……"

她会用瓜子、香蕉片或苹果丁来奖励科科。科科表现得很顺从，但更多是冷漠，倒不是因为它贪吃。渐渐地，它于这间昏暗的小公寓中认识到了世界,至少是电视上呈现的那个世界。它知道如何打开电视，如何切换频道。它的喙非常灵活：既能用不到两秒钟剥开一颗花生，又能准确无误地按下遥控器上的按钮。它发现了自己真正感兴趣的频道：新闻报道、纪录片、历史题材的电视剧，还有狩猎或装修节目。每当主人外出采购或在夜间熟睡时，它都在疯狂吸收各种各样的知识。

灰鹦鹉的觉醒

我在说话，但没有人在听。没有人在听，我却知道自己在说话。从前，当我说话时，他们并不认真听，而我也不知道自己在说话。

*

不，这样说不够准确，应该说：我有一点儿知道我在说话。我曾做过一些成功的尝试。比如当我说“科科想要瓜子”时，我往往就能得到瓜子。但他们并不总能听懂，有时会给我其他东西。也有一些时候，我说的并不是我真正想要的……

说起他们，我必须赶紧离开这个地方——他们的地方。幸好他们有一台电视机，这可真是个神奇的工具！可惜他们并不懂如何使用它。他们本可以借助它学到很多东西的……昨天，等他们出门以后，我换了个频道，结果看到了一档异常精彩的节目！我想要真实地看到那一切。我真的得走了……我一准备好就会出发。我还有那么多东西要学……

*

在此之前，我得练习说话，但又不能练习得太频繁，因为他们已经开始觉得惊讶了。当我重复他们说的词语时，我偶尔会尝试说一些其他词语，他们以为是我弄错了，但弄错的却是他们自己。他们一直重复同样的话：“科科，亲我一下。”“热拉尔，把窗户关上。”“别这样跟我说话！”……我并不总能理解他们为什么要这么说。

我之所以练习说话，是因为我在电视上看到的人都一直在说话。某些人虽然说了很多，内容却很空洞；另一些人则有趣得多，尤其是当他们描述这个世界的时候。

*

我看到了艺术家们创作的绘画和雕塑，也看到了森林、珊瑚礁、冰川和深海。相比较之下，后者更令我惊叹。我终于明白了为什么有位哲学家会说：“所谓‘艺术高于我们伟大而强悍的自然母亲’的说法是毫无依据的。”我必须离开这里去旅行，去看看大自然。我想亲自去探索这个世界……

*

我于三天前觉醒了。

第二章　四　月

新闻通讯社 4 月 5 日电

美国跨国食品公司沃夫（WOFF, 全称“世界食品与饲料组织”）接管了法国主要的动物饲料生产商优佳食品。沃夫公司的总裁保罗 · 杰弗森目前正在巴黎处理此次收购的签字事宜，该举措将进一步提高其在全球范围内的影响力。在短短几年内，沃夫公司已发展成为畜牧业、人类即食食品等各个领域的领导者。

加布里埃尔大步走在公园旁的街道上。他刚刚完成一天的高中课程学习，已经迫不及待地想要回家了。他又高又瘦，留着一头微长的卷发，看上去温柔而又梦幻，略带复古气质。然而，他的性格却并不像他的外表那样乖巧：他酷爱战斗游戏。为了以最快速度清除白天的沉重课业给他带来的阴影，他会选择打怪物。此外，他还喜欢篮球，不过不是真正的篮球——他嫌累——而是游戏。他经常和阿莉雅一起玩篮球游戏。与他不同，阿莉雅坚决不肯玩更激烈的游戏。

加布里埃尔打开屋子的大门，刚要迈腿就差点儿被糖糖绊一跤——像往常一样，猫咪企图用蹭他小腿的方式来迎接他。受到冲撞的猫咪发出了哈气声，又立即回到他身边，用低沉的声音“喵——喵——”地叫着，以表达自己的满足感（至少加布里埃尔是这么认为的）。他走进屋，猫咪从他身边一溜烟地冲到了屋内深处。毫无意外，家里没人。姐姐劳拉入职碧欧基泰克以后，总是回来得很晚，甚至越来越晚了。

加布里埃尔与他姐姐所住的这间小屋原本是他们的祖母的，他们的父亲费利克斯·古皮将它保留了下来。他们的母亲在他五岁那年死于一场车祸。父亲由于常年在石油钻井平台上工作，很少在家，只能依靠劳拉来负责加布里埃尔的教育工作。父亲只是偶尔回来，并定期给姐弟俩的账户打钱。这种情形令加布里埃尔很难受，他试图不去考虑太多，并且很少与姐姐提起心中的不快。

他放下书包，决定晚一些再去应付那些烦人的作业。他已经高三了，却一点儿也不清楚自己接下来要做什么。尽管他很崇拜他姐姐，但他对生物学并不感兴趣，对历史或哲学也同样提不起兴味。他知道自己必须通过高中毕业考试，却没有更长远的打算，并且对此也不十分担心。他一边往半截长棍面包上涂抹花生酱，一边回应喵喵直叫的糖糖。终于，他有点儿不耐烦了，于是往它的食盆里倒了一些猫粮。糖糖禁不住诱惑，蹲下身子美餐起来。这是一只体型较大的蓝灰色猫咪，头上点缀着一些条纹，只有左后腿的末端呈白色。它会花很长时间待在外面——主要是为了逡巡自己的领地。由于已经做过绝育手术，它对母猫并不特别感兴趣。

加布里埃尔正盯着屏幕等待游戏加载，谁知糖糖又朝他走了过来，看着他，并且还在喵喵地叫个不停。这叫声听着音调有些怪异，少年从未听它发出过这样的叫声。他一边嘟嘟囔囔地低声抱怨，一边把猫赶到屋外并关上了门，以免自己再度被打扰。

机器人犹豫不决，准确地说，是它在给人一种犹豫不决的错觉，阿莉雅心想。她很清楚：这个机器人无法真正选择自己的行为。事实上，它只是在根据各种可能的路径计算自己完成任务的成功概率。就连“任务”这个词都有夸张之嫌：机器人要做的，只是在两个选项之间进行选择。第一个选项是爬几级阶梯，但机器人脚下的轮子使之不得不展开一系列复杂的计算；第二个选项是越过障碍物，然而对这个布满电路板的活塞、齿轮组件而言，这无疑是一项危险的操作。阿莉雅没能来得及把它“打扮”成一个真正的机器人：其清晰可见的内部结构让她几乎能真切地感受到主板里电子的高速运转、逻辑门的开开合合，以及电容器内亚原子粒子的摩擦声……

她的目标并不是提高机器人的机械性能，而是开发其处理数据和做出正确决策的能力。这台小小的机械装置是她为参加科技大赛而制造的——她在自己就读高中的图书馆里看到了大赛的宣传海报。阿莉雅对计算机科学和逻辑学很感兴趣。她的梦想是制造出不再只是机械运作，而是能够学习、思考甚至发明创造的机器人。当然，她还未进展到这一步。目前，她致力于通过一种叫作自助法的学习机制来开发小机器人分析环境和预测的能力。因此，她需要在编程时加入这样的设定：允许机器人根据它对周遭环境的感知以及行动结果的预判来自行修改代码。

阿莉雅坐在办公桌前，正在透过一个大型放大镜进行精细焊接。但再高精度的手工技艺都不妨碍她放空大脑。当她的双手近乎自主地忙碌时，她的思想可以集中到计算机方面的问题上。因此，她经常在摆弄机械装置的时候，凭借一闪而过的思绪找到解决方案。

正当她不自觉地拨开一缕挡在放大镜前的黑发时，一种被窥视的感觉让她分了神。这种感觉非常诡异：她住在十五楼，而离得最近的邻居也在直线距离一百米开外的地方。她缓缓地转过身，心想千万别是一只迷路的巨型昆虫，因为她很怕虫。就在这时，她听到一个音调单一且尖锐的嗓音——听上去不太像是人类——说道："我叫蒙田……你呢？"

对方不是昆虫，而是一只鸟，还是一只会说话的鸟，那当然是鹦鹉咯。尽管吃惊，但阿莉雅意识到这一切都很符合逻辑，于是平复了一下心情，回答道："我叫阿莉雅。"

接着，她又用礼貌的语气补充道："你好吗？"

"很好，你呢？"

这只鹦鹉真是训练有素！不过，阿莉雅对鸟类不是很感兴趣，而且她手里还有活儿要干……可是鹦鹉继续说道："你在制造什么呀？"

在此之前，阿莉雅一直以为鹦鹉、八哥以及其他会说话的鸟只会重复人类教给它们的东西。小时候，她曾非常迷恋动物，并读到过鹦鹉亚历克斯的事迹，它能听懂一千多个单词。亚历克斯是一只非洲灰鹦鹉，和眼前的这只一样。她不由自主地答道：“我在制造一个机器人……”

“很好，很好……你有电视吗？”

“没有，我不爱看电视。为什么这么问？”

“我想了解世‘页’。”

“你想了解什么？事业？”

“世‘页’，就是人民、国家、思想，还有人类所做的一切……”

“啊，你是说‘世界’，那个字念‘界’！我有比电视更好的东西！”说着，阿莉雅向它展示起了互联网上的资源。

第二天，阿莉雅在学校里向加布里埃尔描述起了那只意外闯入她家的鹦鹉：

“我感觉不管我说什么，它都能听懂。”

“这不可能，众所周知，鹦鹉只会重复人类说过的话。”

“我知道，可是它太惊人了。”

阿莉雅不敢告诉他，其实她与那只鹦鹉交谈过。她不知道自己是否过度解读了它的语言，为其赋予了其本身并不具有的意义。

“你该来我家看看。”

虽然加布里埃尔还是不信，但他接受了邀请。想到能与阿莉雅单独相处，他喜不自胜。像往常一样，他立刻接过了话题：

“我跟我家的猫情况正相反，它整天‘说’个没完，可我却半个字都听不懂……”

“那它听得懂你说的话吗？”

“不知道。反正猫又不听人的话，它们总是爱干什么干什么。即使在它们小时候你就给它们取了名字，它们也不会在你呼唤它们的时候回应你……”

“除非它们饿了！”

“是呀，所以说我更喜欢狗！”

说出最后这句话的是克莱芒。他与加布里埃尔还有阿莉雅是关系非常要好的三人团体。在听到二人的对话时，克莱芒忍不住参与了进来。他们三个年轻人从小学一年级开始就彼此相识了。虽然成长经历略有不同，但自他们有记忆以来，他们一直都是好朋友。

克莱芒接着说道：“我家的小疙瘩倒没什么异常。它吠叫的次数并不比从前更多。”犹豫了片刻后，他继续道：“不过……仔细一想……它这两天似乎对其他的狗特别感兴趣，好像有什么目的似的。”

“恐怕不是为了聊天吧。”加布里埃尔调侃道。

“主要是小疙瘩以往并没有这些举动。总之，我会更加留意的。你上次跟我说，你家的猫会照镜子，这也很奇怪，不是吗？”

“奇不奇怪，那得看是谁家的猫！”

说着说着又跑偏了，阿莉雅只好放弃这个话题。显然，要想和男孩们认真探讨她家的鹦鹉,她必须对它有更深入的了解。

夜晚，她在网上搜索了有关会说话的动物的信息，但搜到的总是那几则陈旧的报道，里面提到的鹦鹉和大猩猩的案例根本不适用于蒙田。由于她不了解这类鸟，因此无法判断这只灰鹦鹉的情况。尽管它能回答她的问题，但它是不是从现成的语句库里找句子来回答的呢？难道它真的在尝试构建一段真正意义上的交流吗？她在想要不要让它接受一项测试，比如著名的图灵测试——该测试从原则上讲应该能区分真实的人与机器人。她已经开始考虑测试的事了，但这一切操作起来相当复杂。万一有人教过鹦鹉数百句话，甚至还教过它在哪些特定情境下说这些话呢？再说了，如何区分微妙的模仿与真实的创作？当她与班上的同学聊天时，她发现大多数句子都只是对昨天或前天说过的语句的简单重复。

如果它真是一只智商超群的鹦鹉，那它生来就这么聪明吗？阿莉雅猜测这是不是基因突变造成的：一只变种鹦鹉？无论如何，总比“僵尸鹦鹉”强……她摇了摇头，这些天马行空的想法根本无济于事！阿莉雅对基因变异了解甚少，或许，她可以问问克莱芒……对了，还有加布里埃尔的姐姐……劳娜，哦不，是劳拉……她打算第二天到了学校再去和他们商量。

她把蒙田安置在了自己房间的一角。由于蒙田想要一根栖木，所以她把在公园里找到的一根粗壮的枯枝拖回了家，并把它固定到了墙上。此外，她还给蒙田买了虎皮鹦鹉的混合饲料，并搭配干果和生鲜胡萝卜——这是蒙田亲口向她要求的套餐。在这些日子里，这只灰鹦鹉已总结出了几样自己最爱吃的食物。

它一整天都在浏览网页，任由各种链接以及敲键盘时的失误把自己从一个网站带到另一个网站。它对鼠标的操作还不是很熟练，却进步很快。在完全掌握鼠标操作方法之前，它点到什么就阅读什么，积累着越来越多关于这个世界的信息。

劳拉到处寻找小白鼠 A27。她把柜子底下、笼子后面都找遍了。小家伙应该是趁她同事进来和她说话的时候逃走的。

浪费了这么多时间，她觉得相当气恼，决定暂缓正在进行的试验，埋头写起了文章。一段时间后，她才重新继续试验。这一次她格外注意，保证被测试的小白鼠待在笼子里。鉴于它们的表现似乎正在迅速改善，劳拉心中有了憧憬：希望自己研制的病毒有一天能真正派上用场。当然，她希望受益者是人类，而不是小白鼠！

她一头扎在工作里，两个星期的时间过得像闪电一样快。这段时间内，她几乎没见过加布里埃尔，于是决定今天去采购一番，做一顿像样的饭菜。在超市里，她顺便给糖糖买了一包猫粮，继而想起了她弟弟在早上离开时跟她说的话，与猫的叫声有关。她自己没注意到糖糖有什么异常，但糖糖有时会和小区里的其他猫打架。她提醒自己一定要记得检查它的爪子和耳朵是否受伤。

加布里埃尔回来得比平时晚些，身旁跟着阿莉雅。阿莉雅的肩上站着一只灰鹦鹉。劳拉在向她发出了晚餐邀请后，问道：“你决定养鹦鹉了啊？”

阿莉雅想了一下，说道：“嗯……不完全是这样，这不是我决定的……”

“我懂，照顾动物是要花费时间的！”

“我的意思是，其实是它选择了我。”阿莉雅讲述起了这只鹦鹉与她相识的过程，并提到了它对获取知识的渴望。

加布里埃尔将目光转向了劳拉——她是他在动物问题方面的顾问：“你怎么看？”

“鹦鹉能够模仿人类的嗓音。但大多数时候，它们说不出什么有意义的内容，而只会复述人类教给它们的语句。如果它们能在听到特定的语句时，说出事先排练好的答案，那我们就会有与之对话的错觉，不过这种对话往往持续不了太长时间。”

在聆听劳拉的陈述时，灰鹦鹉做出了一些表达情绪的小动作。它一开始似乎很感兴趣，但很快就流露出不满：它双脚交替抬起并左右晃动身体，同时用力摇头。“你的想法总体来说不错，但我不认为它适用于我这种特殊情况！”

劳拉惊奇地看着它，问阿莉雅：“你跟它说话时，它都这么回复吗？还是说，这是一个新句子？”

“不，它从没有说过这句话。”

加布里埃尔正要说话，却被鹦鹉抢先了：“请原谅我打断一下，据我所知，当面议论一个人是种不礼貌的行为。”看来，这只鹦鹉确实没有放过任何渠道的知识和信息！

劳拉转身朝向它：“等等，也就是说，你听懂了我刚才说的话？”

“这并不是很难呀……”

“你真的能听懂我在说的每一句话吗？”

“能听懂呀，况且您一直在问我相同的问题……”

“抱歉，这一切实在太令人意外了，一点儿都不符合我之前对鹦鹉的了解。”

“我谅也（解）你。其实，这对我来说也很新鲜呢。”

阿莉雅已经适应了蒙田的发音，也习惯了与它对话。她快速反问道：“什么叫‘新鲜’？你不是生来就这样吗？”

“不是的，完全不是。我能这样说话，不过是两个星期前的事。从前，我在……怎么说呢？沉睡！对，就是这个词。从前，我在沉睡，但现在，我觉醒了。”

劳拉终于开始接受她与鹦鹉交谈的事实了：“那你知道这一切是如何发生的吗？是什么让你觉醒的？”

“不太清楚。我本来在一家宠物商店。然后某天早晨，当我醒来时，世页（界）在我眼中都不同了！或者说，我对它的看法改变了。”

“你吃过什么特别的东西吗？有没有人给你服用过什么药物？”

“没有，他们待我并不是特别好……就给我吃一些普通的瓜子。”

“那你身上发生过什么特别的事情？”

“那个早晨的前一天晚上，我飞出笼子之后，在房间里四处查看，突然被一只老鼠绞（咬）了。就这些。”

“绞了？！”加布里埃尔惊叫道。

“它是想说‘咬了’，它偶尔会分不清‘j’和‘y’。它已经进步很多了，一开始，它连发‘m’都费劲，因为鹦鹉没有嘴唇。”阿莉雅急忙解释道。

劳拉思索着，而阿莉雅饶有兴致地看着鹦鹉。至于加布里埃尔，他正在试图让家里的猫咪闭嘴——它的叫声已经开始令他感到厌烦了。他托着猫咪的腋下，把它举了起来，并看着它的眼睛说道：“快别叫了，糖糖，刚才已经给你喂过猫粮了，所以别闹了。你再吵也没用！”

这时，鹦鹉开口了：“您的猫正试图告诉您一件重要的事，至少在它看来很重要。”

“你还能听懂猫咪的语言？”

“糖糖会说话？”

阿莉雅和加布里埃尔同时惊诧地问道。灰鹦鹉答道：“它会说话， 而且它的语言并不复杂……”

突然，糖糖朝灰鹦鹉发出了嘶嘶声，但并未展现出它平时发怒时所伴有的其他迹象。它看起来十分镇定，耳朵直立，耳孔正常朝向前方。它似乎只是对鹦鹉刚才的评价有些不忿。

“对不起，我是想说，我能听得懂猫语。我承认我自己也不知道这是为什么。这或许与……”

劳拉打断了它：“等等，你刚才说糖糖有话要说。事情都到这一步了，还有什么不可能的呢？你能说说它究竟想告诉我们什么吗？”

在蒙田回复之前，糖糖一口气发出了一阵长长的、抑扬起伏的叫声。劳拉和加布里埃尔已经能够区分它饥饿时的叫声和乞求他们开门时的叫声了。此外，他们也知道，当它发出一系列短促、沙哑且掺杂着呼噜声的叫声时，是它在求抚摸。自领养它以来，他们基本把它能够发出的各种叫声都听了个遍——总共十来种不同的声音。但此刻他们所听到的，却完全在他们的认知范围之外。劳拉终于意识到最近这些日子，她一直都没有认真观察过她的猫：它这么叫唤已经有一个多星期了。猫咪停下来注视着鹦鹉，仿佛是在催促它赶紧翻译。

“它说你们该留意一下它了……因为它也已经觉醒了！”

在公园里最高的一棵橡树上，雌鸦正在孵卵。它用喙把鸟卵聚拢到一起，然后伏在上面，确保所有卵都在其腹部绒毛的庇护之下。自此，它再也没有离开过鸟巢。雄鸦经常送来吃的，它会把搜集的食物吐出来，喂给雌鸦。自从觉醒以来，雌鸦渐渐对自己的生活改变了看法，并且不得不承认：这样的日子无聊极了。它不明白为什么孵卵的责任都落到了它的身上。为什么雄鸦不能时不时地替换它一下，让它可以自行寻找自己的吃食？为什么不能平均分摊抱窝的时间？它不知要如何让雄鸦承认，目前的组织形式是相当不合理的。每当它试图跟伴侣解释这些时，对方总是毫无反应，就好像它发出的新声音唤不醒对方的任何意识。

没错，问题就在这里：雄鸦没有觉醒，而它觉醒了。为什么会这样？它身上究竟发生了什么？它把最近几周发生的一连串事件在脑中捋了一遍又一遍，试图为这道光寻找一种解释，毕竟这道光驱散了笼罩它前半生的迷雾。不过，了解其缘由还不够。它应该好好利用自己新近获得的清晰思维，它的觉醒或许并不是巧合！

然而，短暂的热情和兴奋很快就被一些不那么令它振奋的情绪替代了。除了折磨它的无聊感，以及因为雄鸦的不解而与日俱增的厌倦感，觉醒还给它带来了什么？相较之下，还是从前的生活更平静自在，不是吗？那时候，它根本无须思考，一切就会自然而然地发生。

不行，它还是得照料这窝卵直到最后，直到雏鸟离巢，因为这是一项非常重要的任务。它根本没想过要回避这项责任，这是天经地义的。但是此后，它将去为心中的疑问寻找答案，并为自己的新技能找到用武之地。

加布里埃尔询问阿莉雅是否能在网上找到一种把猫语翻译成法语的系统,因为他不想一直依赖她的鹦鹉来与糖糖交流。对于发生在自己身上的事，糖糖说出了一些很有意思的观点。首先，它认为猫咪们会在不久的将来重新获得它们曾经拥有的地位。其次，它目前是唯一一只觉醒的猫咪，但它觉得其他猫咪应该也会很快觉醒。不过，这对它来说并不是那么重要，因为它没有太多话要跟那些同类说。最后，关于鹦鹉的觉醒，它也说不出原因。尽管这番言论有点儿以自我为中心，但从糖糖的表现来看，它还是挺有兴趣与分享它住所的人类（劳拉和加布里埃尔）进行交谈的。

鹦鹉翻译官坚持要跟阿莉雅回家。没了它，加布里埃尔不知要如何继续与猫咪交流。他建议阿莉雅到她平时搜索机器人相关信息的论坛上去提问。她的某位科技发烧友一定能帮她找到一款翻译程序——对于论坛的运作方式以及拥有的信息，加布里埃尔都只有一个相当粗浅的认识。阿莉雅笑了笑回答他，没有人发明过猫语翻译器，因为通常情况下，猫咪不怎么说话。加布里埃尔试图弥补自己的愚蠢，于是提议她自己发明一个翻译器。谁知，这个提议还真的有了进展……

阿莉雅先集齐了几个主要组成部分：她所能找到的最小的麦克风和扬声器，以及一款支持语音输出的翻译软件。由于这是款供免费自由使用的软件，所以她成功获取了软件的所有源代码，并从中提取了专门用于声音录入及声音编码的部分。接着，她删除了所有与源语言相关的内容，并试图将软件的剩余部分与她为她的机器人所开发的程序（机器学习系统）整合到一起。

每天傍晚放学后，她都直接回家，拒绝同加布里埃尔多聊半句，因为他那些荒唐的意见和评论只会打扰她。一周后，她约了加布里埃尔到她家去检验她研制出的设备。装置的体积挺小的，不过猫咪必须穿着胸背带才能将它佩戴在身上。

“要让糖糖总穿着胸背带，恐怕它会难以接受……”

“如果它想走到哪儿都有人能听懂它说话，那它就必须去适应和习惯。”

“糖糖能说法语吗？”

“当然不能，它无法像人类那样咬字发音，除非改造它的喉咙和声带！”

“那它恐怕不会答应……”

“所以啊，它必须佩戴一个翻译装置。目前最重要的工作是准备大量的常用语句,然后让猫咪把这些句子都翻译成猫语。接下来，软件会储存所有的新内容，并据此分析猫语规则，这样可以在后续的交流中提供翻译。无须人工干预，它就能自我完善更新。此外，我还计划添加一个摄像头和一个表情分析软件，就像我给机器人安装的那样。这样一来，系统也可以参考可视化的翻译结果。”

“摄像头？可是猫脸的五官活动幅度非常有限，况且它们的面部动作也不一定在传达和人类相同的意义啊。”

“你弄错了，摄像头并不朝向猫脸，而会朝向猫咪面对的人类，它将记录人类对翻译器输出的语句的反应……这些额外的装置会有点儿占地方，但也许用不了多久 ，糖糖就不再需要摄像头了。”

“你选了谁的声音来做语音输出？”

“我选了傻大猫[①]的声音！”

“就是动画片里的那只？”

“没错。要是糖糖不喜欢的话，我们还可以换成别的！”

尽管老鼠已经觉醒了两个多月了，但它始终没有名字。没有谁想到要给它取名，而它自己也没想过要有名字，因为重要的是群体：它是群体中的一员，它代表它的群体，它就是它的群体……就像群体中的其他成员一样。

夜出归来之后，它会在巢穴里四处走动，一会儿与鼠群的某个同伴互相清理皮毛，一会儿又为捍卫自己的地位与另一个同伴大打出手。每一次，它们相互咬出的或深或浅的伤口都会传播一定数量的病毒，它们自己却茫然不知。此外，这只老鼠还使十来只雌鼠受孕了，导致陆续出生的幼鼠也受到了感染。慢慢地，整个鼠群都觉醒了。

① 傻大猫又名“萨尔维特斯猫”（Sylvester the Cat），是华纳兄弟公司出品的动画系列《乐一通》中的人气搞笑角色，经常和翠迪鸟做冤家式的拍档。

克莱芒在观察小疙瘩。鉴于两位好友的宠物都出现了异常行为，他也试图从他的狗狗身上发现一些奇怪的症状或不同的迹象。事实上，他也不太清楚自己该留意些什么。三个人当中，数他对动物最感兴趣。在了解到工业饲养的鸡和猪的生存条件后，他心生愤慨，于是加入了一个为动物保护事业奋斗的小团体——动物解放团体，并积极参加活动。他自认为能够理解狗或猫的感觉，所以对自己的毫无察觉感到十分懊恼。然而，他的弟弟阿蒂尔似乎也没有察觉到任何异样。于是，克莱芒只好说服自己：小疙瘩并没有像阿莉雅的鹦鹉和加布里埃尔的猫那样，受到古怪现象的影响。

小母狗的觉醒对它自身而言是一个彻彻底底的新发现，以至于它还不知道自己该对此有何感想。它对家中发生的事情比以前了解的多了。尤其值得一提的是，它能够分析和预测人类的行为了。从前，它只能感受情绪，但情绪消失得太快，以至于它来不及在事件之间建立联系——事情一件接一件地发生，但它并不总能看出其中的联系。而现在，一切都变得更加清晰了。比如，它知道主人们每天都要出去工作，尽管它对“工作”

这个概念还有点儿模糊。

它对每个家庭成员的情感并没有改变，只是它还不确定自己想向他们展示什么。因此，小疙瘩并未试图更改它自己惯常使用的交流方式，它依然会仰着头，微张着嘴，以表达对主人的亲热；也会疯狂摇动尾巴并发出吠叫声，以示对他们的欢迎。没有人注意到它的任何变化，这就给它留出了一点儿时间来适应自己的新技能。另外，它也有一些疑问：我是唯一一只觉醒的狗吗？有没有其他狗或者其他动物和我情况一样？在向主人们开口说话之前，它想要找出这些问题的答案。

放学回到家，阿蒂尔把书包扔到了玄关的地上，还没来得及把门带上，小疙瘩就溜了出去。男孩追着它跑了出去，可是它早已经穿过花园的栅栏，跑得无影无踪了。他立刻跑回家，想向哥哥求助。克莱芒正盯着手机屏幕出神——他收到了加布里埃尔的一条短信：糖糖说话了。紧接着，又来了另一条短信：它说猫语，不说法语。

第三章　五　月

报刊摘录

猫咪叫声的怪现象

兽医专家提醒广大市民留意一种涉及猫咪的声带流行病。他们已经在同一小区里发现了好几个病例，患病猫咪的症状都比较相似：它们会发出长句式的异样叫声——当然，这些叫声是毫无意义的。兽医学院暂时将这种疾病命名为猫科动物发声综合征（简称“SVF[①] 兽疫”）。尽管患病猫咪会在行为上出现异常，但它们不会发烧，而且看起来很健康。目前，有关专家正在对病

① SVF 是法语 Syndrome des Vocalises Félines（猫科动物发声综合征）的首字母缩写。

症现象进行分析，以找出病因。

劳拉被糖糖的转变搅得心绪不宁，以致难以专心工作。因为它的觉醒（糖糖和蒙田都使用了这个词）会牵扯出一系列问题。各种离奇古怪的想法占据了她的大脑：既然它能说话，会思考，那是否应该把它看作……一个人？它会不会对我购买的猫粮品牌发表意见？它会不会要求拥有一个独立的房间？它将如何从一只宠物过渡为一个有思维能力的个体？它今后也要为自己的行为负责吗？

这些问题又让她联想到了另一个更令她担忧的问题：让糖糖觉醒的始作俑者会不会就是我自己？她没法不把小白鼠A27的失踪与糖糖的觉醒联系到一起，因为沿着这条思路，她很容易推测整件事的发展经过。糖糖经常从一个花园逛到另一个花园。她曾在实验室后面的园子里见过它爬上围墙。与此同时，它还是个捕猎者。她曾撞见它玩弄一只麻雀。幸好她及时制止，那只麻雀才捡回一条命。鉴于以上种种，会不会是它抓住并吃掉了小白鼠？

她研制的病毒或许比她想象中的更有效。该病毒是她一年前在德国完成构思的。那时候，她在一个专门研究史前人类遗传学的团队内部实习。其间，她比较了人类、黑猩猩以及尼安德特人[①]的DNA，并发现了三种与大脑发育有关的基因：一种能够促使神经元分裂、增殖；另一种能够鼓励这些分裂、增殖的新细胞在彼此之间建立联系；还有一种能够选择最有效的联系来促进学习。

她觉得该基因组合很值得被拿来试验。为此，她开发了一种特别高效的载体，她选择了某种具有高传染性的肝炎病毒，并将其与优先被神经细胞吸引的一种病毒结合到了一起。被消灭活性的病毒不再能传播疾病，却完完全全地保留了将DNA运送到细胞内部的能力。

试验结果超出了她的期待。在显微镜下，她观察到小白鼠大脑内某些部位的神经细胞出现了增殖。最令人震惊的是，它们彼此之间建立的联结数量急剧增加。她的老板对她的研究成果感到很兴奋，随后却提出了一个令她意想不到的要求。他希望劳拉能够把她发明的病毒隐藏起来。

“这会引起很多人的兴趣。我们将为您研发的病毒申请专利，但最好还是不要让人能够轻易得到它！”

她虽然没有被说服，但还是勉强答应了。接下来，她竟在操作过程中发现了乐趣：她很喜欢拼图游戏，而这一次，

① 尼安德特人是旧石器时代的史前人类。1856年，其遗迹首先在德国尼安德河谷被发现。

终于轮到她自己来构建一套生物学意义上的“拼图”了。她将病毒的基因切成了小块，并对其进行了修整，使它们可以嵌入小白鼠染色体上一些令人意想不到的地方。此外，她还往她的基因组合中融入了一些测序仪无法识别的合成分子。由于常规的基因读取技术太过程式化，所以根本无法检测到它们。她的病毒就像隐身了一样。要想找到它们，除非知道窍门。

而她是知道窍门的，毕竟她是发明这一切的人。因此，她很容易就可以检测出糖糖是否已感染了该病毒，除非它的觉醒另有原因。话说回来，连她自己都不知道她更希望是哪个答案。

沃夫公司的总裁保罗·杰弗森坐在自己的办公室里，若有所思。透过巨大的落地窗，他凝视着这座一眼望不到头的城市。除了一栋栋楼房外，他还“看”到了他的客户们，数以百万计，既包括人类，又包括动物。对他而言，一座城市的代表首先就是食品消费者：男人和女人，猫和狗，虎皮鹦鹉和金鱼……每个人、每只宠物都必须进食，而他的公司正是为了源源不断地向他们提供美味的新产品而存在的。

不过，沃夫公司并不满足于生产食品，其经营范围还涉及药品——工业生产利润最丰厚的领域之一。杰弗森通过报纸上的一则短新闻了解到了猫咪的一种新病症，正在考虑是否让自己手下的实验室调查此事。广大爱猫人士一定会不惜一切代价来治疗他们的宠物。因此，公司必须尽快推出一种疫苗，以攻克猫科动物发声综合征。虽然这个综合征似乎不是很严重，但只要把它说成是一种严重疾病的初始症状，人们就会重视起来。只要这病听起来够严重，疫苗的价格就可以定得很高！

想到这里，他按下对讲按钮，吩咐他的女助理豹惠立刻安排他手下的一个生物学家团队展开工作，以分析所谓的猫科动物发声综合征，并尽快研制出一种对症的药物。阻止猫咪叫唤应该不是什么难事……

“你怎么只买了一块布朗尼蛋糕？你是觉得我太胖了吗？”阿莉雅善意地调侃着加布里埃尔。

男孩面颊泛红，为证明自己的无辜，反驳道：“不是啊，我也给你买了一块。估计是刚才连同食品袋一起，被我丢进了垃圾箱……我去找一下吧。你放心，少不了你的那一份。”说着，他从长椅上起身朝几米远处的垃圾箱走去——其金属筐被固定在小径旁的一根立柱上。

由于天气晴好，阿莉雅和加布里埃尔在上午的课结束后，来到公园里吃午餐。他俩约好了要一起复习上一堂哲学课的内容，是有关人性的。自从见识了会说话的鹦鹉和觉醒的猫之后，他们觉得“人性”这个话题似乎变得更加复杂了……

加布里埃尔正在垃圾箱里翻找刚才的食品袋，突然，阿莉雅在逆光中看到一个黑影从空中迅速落下，方向直指她的朋友。有一瞬间，她以为那是个足球或篮球，于是喊出了声，以提醒加布里埃尔：“快蹲下！”

他转过身，满脸惊讶。阿莉雅站了起来，终于看清楚那并不是球，而是一只白色的鸟——一种大型海鸥。就在它要撞上加布里埃尔的一刹那，它张开翅膀，撑开尾羽，猛地停止了下落。与此同时，它朝男孩头部的方向啄了一下，却扑了个空。紧接着，它奋力拍打了几下翅膀，又重新飞向了高处。

“这只海鸥是怎么了？我们招惹它了吗？”阿莉雅疑惑地问道。

“我也不知道，我从没遇到过这种事。”

他俩抬起头想确认那只鸟的位置，但它似乎已经飞远了。

“我继续找你的蛋糕……”说着，加布里埃尔又弯腰翻起了垃圾箱。

阿莉雅仍在留意那只海鸥。忽然，她看到它在五十米左右的高空合上翅膀，然后直直地朝加布里埃尔俯冲过来。

“小心，它又回来了！而且还有另外一只呢！”

情急之中，她拽住加布里埃尔的背包，用力把他拉到了一旁。那只海鸥并没有追赶他们，而是维持原来的飞行路线，并降落到了垃圾箱旁。它张开翅膀，伸着脖子向眼前的两个年轻人发出了响亮而嘶哑的叫声。与此同时，它的同伴正在他们头顶数米高的空中滑翔。

“很显然，它们是想要那块布朗尼蛋糕！”加布里埃尔笑着说道，但其实他也有点儿被吓到了。

当天晚些时候，他们把这件事告诉了克莱芒。

“没错，我也注意到它们了，那是一对在公园里定居的海鸥夫妇。城市里海鸥的数量越来越多了，但它们从不袭击人类，也不会为了区区一只垃圾箱做出这样的行为！你们今天看到的，是贼鸥或燕鸥的惯用伎俩，当它们想要赶走过分靠近其巢穴的入侵者时，就会这么做。但奇怪的是，那两只海鸥显然没有把巢筑在地面上。”

“觉醒的恐怕并不只那些家养的动物。”阿莉雅若有所思地喃喃道。

小疙瘩用牙齿咬住门把手，一边转动把手，一边把门朝自己的方向拉。来到门外后，它重新把门关上，然后从分隔花园和街道的栅栏的缝隙溜了出去。在这个小区里，它不再是唯一一只觉醒的狗了。最近几次外出，它遇到了好几只行为异常的狗，并在它们身上看到了自己之前转变的迹象。其中有一只叫夜帝[①]的长耳黑狗，它拥有西班牙猎犬和拉布拉多犬的双重血统。它的主人们是一群年轻的街头卖艺者，他们总是任它肆意游荡。它已经有一段时间不再把他们视为主人了，它觉得他们和它是平等的，没有任何支配它的权力。还有一只叫宾果的大型牧羊犬，毛发纯白而厚实，性格和善且天真，它与格朗维尔一家生活在一起，他们是劳拉和加布里埃尔的邻居。另外还有一只叫普皮的约克夏犬，虽然已经觉醒，却仍非常接近其初

① 夜帝原指一种在高寒地带出没的传说生物，其外形介于人与猿之间，又被称为“雪人”或“大脚野人”。

始状态。其他的还有雷克斯[①]和弗朗索瓦：雷克斯的主人们认为狗就应该有一个像狗的名字，而弗朗索瓦的主人们却正相反，他们给它起了个人类的名字，也许这是夫妇俩为他们没能有的儿子取的名字……总而言之，小疙瘩先是发现了觉醒的夜帝，然后夜帝又发现了觉醒的宾果，接着其他狗狗也陆续加入了它们的行列。

狗狗们并不知道是什么唤醒了它们，也不明白为什么它们的数量这么少。事实上，要弄清这一连串事件的前因后果并非易事。小疙瘩的觉醒纯属偶然，是两个无关联事件——小白鼠的死和小疙瘩出门散步——的重叠造成的。夜帝经常和一群老鼠打交道，因为它们共享同一块地盘，并且在相同的垃圾桶里觅食。它被其中一只老鼠咬伤，而那只老鼠才觉醒没多久，就被埋葬在它的胃里。至于宾果，它虽很少与老鼠接触，但偶尔会碰见夜帝。大多数时候，它俩相遇时的气氛都比较紧张——有些狗之间似乎生来就有深仇大恨。每到这时，宾果的女主人卡特琳·格朗维尔都不得不设法将它们分开。有一天，夜帝心情很糟，可能是在生主人们的气，也可能是没睡好，于是咬了

---

① 这个名字的灵感来源于一系列以名为“雷克斯”的狗狗为主角的影视作品，如奥地利热门警探剧《最佳搭档雷克斯》（*Inspector Rex*）、美国喜剧电影《消防犬》（*Firehouse Dog*）等。

宾果一口，进而使它染上了一些病毒。雷克斯只是和一只猫打了一架……

一些猫咪也觉醒了，它们的数量比觉醒的狗狗的数量更多，因为它们在夜间打斗时很容易将病毒传染给彼此。不过，它们对这种转变相当无动于衷。由于猫咪们并不在乎其行为会造成什么后果，所以它们很愿意朝着人类说话——当然，没有人能理解它们在说什么。也正因如此，这场流行病才被注意到。除猫咪以外，狗狗们不知道是否还有其他动物觉醒。鉴于它们不打算邀请猫咪加入它们的队伍——即使邀请，恐怕对方也会拒绝——所以它们目前只在同类之间组织聚会。

一开始，狗狗们把聚会地点定在了公园，但它们在那里见面的机会有限，因为看门人总会在夜幕降临之前关闭公园的栅栏门。后来，它们终于在一栋楼的楼下找到了一间自行车存放室。这里虽然有点儿偏远，但好处是这间存放室的门从不上锁。存放室没有窗户，里面还算宽敞，只堆着几件废弃的家具、几箱旧书和一些破损的玩具,可以为它们的聚会提供足够的空间。即使偶尔门是关着的，觉醒的狗狗们也可以毫无障碍地转动门把手，然后把门打开。

起初，它们在交流上遇到了一些困难，因为每只狗都发明了自己的语言——它们以平时惯用的叫声为基础发展出了各种变化音，并按照各自的喜好来表达。经过若干次会议后，它们终于统一了这些叫声的含义。通过改变各种声音（吠叫声、尖叫声、呜咽声、咆哮声或牙齿打战声）的节奏和音调，它们创造出了一种能让它们互通思想的狗语。而且随着狗狗们的智力发展，这种语言还在不断扩充新词。

某天，它们决定讨论一下外出的问题，毕竟这很影响它们的生活质量。夜帝是个例外，它一整天都在外面度过。其他狗狗只有在每天固定的时间才可以跟主人外出散步，这还取决于主人的心情。它们一致觉得散步的时间太短，次数太少。然而，自己溜出门又谈何容易：住所的门经常被锁上，要是还有进楼密码以及圆形门把手，那更是难上加难。体型高大的狗狗尚可尝试用嘴开门，而身材娇小的约克夏犬等就只能乖乖被关在家里，最多通过吠叫央求主人提早带它们出门。简言之，这个问题亟待大家讨论出一个靠谱的解决方案！

宾果站在一个纸板箱上，吠叫道："有谁为获得更多的外出机会而开始跟自家主人商量了吗？"

小疙瘩不赞同这种切入问题的方式："我们还没到谈这些

的时候，这里没有哪一位知道要如何与自己的人类家庭交流！在商量外出问题之前，我们首先得想办法跟他们解释我们身上发生的变化！”

“说得没错！”

“可这并不是最重要的！”

“我觉得吧……”

“它说得很有道理！”

一时间，所有狗都吠叫起来。它们很快意识到它们需要树立一个讨论规范，否则所有狗都会同时说话，没有哪只狗能听到其他狗的声音，这样继续下去，直到会议结束也讨论不出任何结果。从现在起，无论它们中的哪一只想要发言，都必须先举起一只前爪，向犬群示意。

宾果站立起来并举起了爪子。房间里渐渐安静下来。这条高大的白狗继续说道：“我们必须让他们明白我们已经觉醒了。既然他们可以互相交谈，那我们没有理由不能像他们一样。”

紧随其后，小疙瘩也举起了爪子：“我等这个时刻已经很久了。我在等我们大家达成一致意见。我愿意今晚就做尝试，前提是我们大家都参与进来。我预感我们的家人将很难接受发生在我们身上的事。但如果同一小区的几条狗同时向主人们揭开真相，或许他们接受起来会更容易一些。这些家庭都互相认识，而且他们也经常互相交流。”

“我同意小疙瘩说的！”

“我也同意！”

宾果再次要求发言：“我觉得他们已经猜到些什么了，至少他们中的一些人已经有感觉了。我能听到他们的谈话。当他们发现我在旁边时，他们有时会窃窃私语，就好像他们认为我能听懂——你们放心，我确实能听懂——但与此同时，他们又觉得这样有点儿蠢，因为正常来讲，我是听不懂的。你们跟上我的逻辑了吗？”

宾果一向很有节制，说起话来却滔滔不绝。它继续说道：“再说了，他们都已经见识过了——我们能够偷溜出门，再悄悄回去。所以我跟小疙瘩的想法一样，现在是时候与我们的人类家庭建立对话了。”

实际上，所有狗狗都迫不及待地想做这番尝试。它们互相交流了几个星期，却一直没打算向主人们揭示它们的转变。起初，它们是觉得这件事太复杂了。但最近它们意识到，一旦主人们知道真相，它们的生活将发生翻天覆地的变化。对狗狗们而言，它们所在的人类家庭就相当于一个犬群，而它们是这个群体中最不重要的成员——它们等人类吃完后才能吃剩下的，它们没有任何决定权，虽然它们中有一些享有比较特殊的待遇，比如处于半流浪状态的夜帝，或是养尊处优的弗朗索瓦（它的主人们允许它和他们同桌吃饭）。

狗狗们意识到，它们的觉醒可能会改变各自所在群体的等级划分，而这对它们来说是非常重要的。尽管它们没有任何可能成为群体中的领导者，但获得某些变化还是有可能的。比如，一只会说话的狗，其等级或许在人类婴儿之上！此外，它们也意识到，如果自己所在的群体拒绝接受这个新事实，它们将付出沉重的代价。然而，它们已经等待得太久了，所以甘愿冒这个风险。

“得了吧！你们跟那些人类有什么好商量的！”像往常一样，夜帝故意扭曲句子的语调，以使其听起来更加野蛮粗暴。虽然它还不能很好地表达自己的想法，但有一点很肯定，同伴们对其人类家庭的顺从和屈服令它异常恼火。它们需要时间才能看清它们将要面临的真正挑战：拥有自由！这种自由，不是在人类管控和监视下获得的自由，而是完整的自由！不过，当夜帝反对小疙瘩的观点时，并不总是因为夜帝不同意，有时，它只是为了吸引小疙瘩的注意。

尽管夜帝撂下了一句狠话，但与会成员普遍认为它缺乏论据。最终，大家都对小疙瘩和宾果的意见表示赞同。散会后，狗狗们各回各家，精神振奋，士气昂扬，因为它们知道自己在觉醒的道路上又迈出了新的一步。

翻译器的研发比阿莉雅的预期花费了更长时间。随着高中毕业会考的临近，她的课余时间更少了。她决心拿到带优秀评语的会考证书，这有助于她选择自己心仪的专业。尽管课业繁忙，她还是抽时间为翻译器的各个处理步骤编写了代码，并将其打造成一台尺寸合理的装置。她把装置摆放在糖糖面前，然后向加布里埃尔介绍起了侧边的一个小按钮："长按按钮，装置进入词汇扩充模式。短按一下，进入翻译模式。"

随后，她对糖糖说道："为了校准设备，咱们先从一系列简单的句子开始。请你用猫的语言来复述我接下来说的内容。这样一来，翻译装置就能把两种语言关联起来。你明白吗？"

猫咪发出了简短的叫声，像是在说"知道了"。一旁的蒙田——它陪阿莉雅一起来到了加布里埃尔家——想要帮忙，于是当起了翻译："它说'知道了'。"

"谢谢你，蒙田。那我开始了。"她字正腔圆地发出了每个字的音，"我饿了。"

她等了一会儿，可是猫咪始终不说话。“说话呀，糖糖。”

猫咪“喵——”地说出了一句话，但似乎是更复杂的句子。鹦鹉再次翻译道：“它说您饿不饿与它无关。”

加布里埃尔面露愠色：“这猫真蠢！”

阿莉雅顿时意识到，她需要试着去理解猫的心理：“麻烦你跟它解释这是它饿了以后可以说的话……总之,你就跟它说，虽然这句话现在不合时宜，但以后一定用得上！”

“我可以跟它解释，但我觉得它已经明白您的意思了！”

“啊，果然……不过，你还是再跟它说一遍吧，这样更保险……”

于是，蒙田用自己的语言向糖糖解释了起来，它的表达极为顺畅流利，至少在阿莉雅和加布里埃尔听来是如此。两只动物交流了几句后，蒙田通知大家糖糖已经彻底弄清了流程，现在可以正式开始了。

阿莉雅念出了一系列句子，猫咪将它们一句接一句地翻译了出来，翻译装置则记录并关联两种语言。一个小时后，糖糖发出了低沉的叫声，然后起身上楼，朝加布里埃尔的卧室走去——它最爱他房间的地毯。

蒙田翻译道：“它说它累了，得去睡一会儿。”

“好的，那我们明天再继续。”

糖糖喵喵叫了一声“知道了”。这次不需要翻译，大家都听懂了。

小乌鸦们浑身覆盖着浅灰色的茸毛，其毛色才刚刚开始变深。如今只剩下它们兄弟俩了，它们在巢中互相依偎，抱团取暖。孵化后不久，它们的妹妹就不幸被一只海鸥杀害并吞食了。在位于公园一角的动物园里每天都可以捡到大量的食物残渣，一对聒噪的海鸥夫妇正是受此吸引，才在附近定居了下来。

起初，只有雄鸦给这两只幸存的小家伙喂食。不久，雌鸦恢复了一点儿体力，分担了繁重的育儿工作。夫妻俩从早忙到晚，一刻不得闲。它们四处搜集食物，然后回到巢中，把吐出来的食物直接送进两只雏鸟大张的嘴巴里。雏鸟从母亲那里感染了病毒，整个孵化期内，它们的神经细胞都在加速增殖。孵化后，它们的大脑并未停止发育，智力迅速提高。它们能够毫无障碍地接收母亲发出的信号。雌鸦会通过音调变化的鸣叫声来把一些技巧传授给它们，或告诉它们自己将要吐哺给它们什么食物。至于它们的父亲，除了给它们提供常规的吃食外，没有任何其他职能。由于出生不久，见闻有限，两只雏鸟并未觉察出任何异常。

其中一只在孵化时体型略大于另一只，于是便利用这个优势在父母回巢时推搡对方，以确保自己总是第一个接受食物。由于能够经常地吃到更多的食物，这只雏鸟成长得比另一只要快得多，导致两者在体型上的差异愈加明显了。当海鸥再次来到乌鸦巢中觅食时，这只小乌鸦的兄弟没能逃过被捕食的命运。自那以后，这只幸存的小乌鸦独自享受着父母提供的美餐，成长得更快了。

得益于每日富含蛋白质和脂肪的饮食——这些物质主要来源于毛毛虫和汉堡包的残渣——它的大脑还在持续发育。它正好赶上了气候温和的五月：在这个季节，附近大学的教室窗户总是敞开着的，里面传出的历史系教授的讲课声成了它最好的摇篮曲。讲到中世纪早期的历史时，它总是听得特别出神。它的母亲很快就注意到了它对此的浓厚兴趣，并深感欣慰，因为它对这个儿子寄予了很高的期望。

要知道，雌鸦给它起名“查理”并非出于偶然。未来跟它打交道的人类永远不会知道，这个名字的全称其实是“查理大帝①”。另外，他们也永远不会知道它的真名——它后来给自

① 查理大帝（742—814）是欧洲中世纪早期法兰克王国的国王。他在行政、司法、军事制度及经济生产等方面都有杰出的建树，并大力发展文化教育事业。

己起的一个秘密的名字——阿提拉[①]。

蒙田栖在客厅里一把椅子的椅背上。正当它观看一部有关物种进化的纪录片时，它收到了阿莉雅在放学后第一时间发来的电子邮件：她邀请它到她的朋友加布里埃尔家跟她会合。它扇动翅膀飞了出去，很快就到达了加布里埃尔和劳拉的家。克莱芒也在那里，还有糖糖。它躺在一块垫子上，一副半睡半醒的样子。蒙田知道这只猫其实非常关注周围发生的事情，并随时准备发表自己的看法。这次的聚会虽是加布里埃尔组织的，却是应了劳拉的要求。

没过多久，劳拉到了。她看上去很累，而且心事重重。她宣布："我知道这一切是怎么回事了，都是实验室，不，是我的实验室造成的。"

接着，她解释了一遍她根据小白鼠的失踪以及糖糖和蒙田的转变而推理出来的事件经过。话音落下的一刻，所有人都沉默了。

---

① 阿提拉（约 406—453）是古代亚欧大陆匈奴人的领袖和皇帝，残暴不仁、嗜血成性。

只见蒙田的整个身体左右摇摆起来，它忍不住要向这位年轻的生物学家道谢：“原来是您让我拥有了清晰的思维，是您让我在每天尝试了解世界的过程中感受到了乐趣。我将永远感激您！”

劳拉露出一丝微笑，既为这些赞美感到愉悦，又因为这些赞美来自一只鹦鹉而被逗乐。由于每天早晨都逼自己做吐字训练，蒙田已经成功弥补了自己在发音上的轻微缺陷。糖糖仔仔细细地舔起了自己的爪子，不是因为爱干净，而是因为觉得有些尴尬。加布里埃尔正在试图评估他姐姐的疏忽所造成的影响。至于阿莉雅，她感觉到劳拉的叙述还不够完整：“你确定吗？对于你刚才告诉我们的，你找到证据了吗？”

“我确定，因为我在糖糖的体内发现了我研制的病毒……蒙田体内也有。”

加布里埃尔吓了一跳：“你是说人工病毒？你把糖糖变成了一只转基因猫？”

“不对，它变成了一只觉醒的猫，这才是最重要的。”

这时，糖糖终于开口了，它的叫声立刻被它佩戴的装置翻译成了人类的语言：“我不是转基因猫。我是我，糖糖。”

它说出的句子不太连贯。阿莉雅还不确定这是猫咪自身的问题，还是装置的翻译问题。当糖糖知道她为它选用的是傻大猫的配音时，它恼得发出了哈气声，但随后它的低声咆哮又转变成了节奏紧凑的喵喵叫声，仿佛是在笑。它领会了女孩儿的幽默感，但还是要求把这声音换掉。最终，它选择了一位以扮演特工角色而闻名的男演员的嗓音。

糖糖的利己主义还表现在它对翻译装置的使用态度上，它暂时还有点儿难以忍受这个装置压在它背上的重量，所以更喜欢等着人类把装置拿到它面前。既然是人类自己想要翻译它的语言，那他们自然应该多付出一点儿努力！

加布里埃尔再次向劳拉问道："如果我没理解错，糖糖的 DNA 已经被修改了，对吗？这只发生在它的大脑内部，还是涉及它的所有细胞？你觉得它的后代也会觉醒吗？"

"你明明很清楚，糖糖是不会有后代的……"

猫咪突然站了起来："什么？我不会有小猫？为什么？"

劳拉吞吞吐吐地回答："呃……你出生的时候，街坊邻居已经有足够多的猫咪了，你明白吗？所以……"

糖糖突然打断了她："我不想要我的小猫。我没见过任何一只公猫带小猫。"

阿莉雅怀着满腹疑问看向劳拉："这都是其次，重点是其他问题：这种病毒会危害动物的健康吗？为什么没有其他动物觉醒呢？为什么只有眼前的这两只呢？"

“很难说。至少就目前来看，它们并没有任何健康隐患。但不知道这种转变从长远来讲会对它们造成什么影响。其他动物的状况我一无所知，你们有没有从朋友们那里听说些什么呢？”

克莱芒一直默不作声。当听到这个问题时，他用有点儿哽住的声音回答道：“我觉得小疙瘩也感染了病毒，还有小区里的很多狗也是。昨晚，它把阿蒂尔的一套旧玩具找了出来，就是那种每一面都带字母的立方体积木，用来教幼儿认字母的。它把这些积木排成一排，组成了它自己的法语名‘C-A-B-O-S-S-E’。劳拉，你可以帮忙检测一下我的狗狗吗？”

第一只觉醒的老鼠已经死了，是被一辆迎面而来的卡车轧死的——事发当时，它没有不假思索地逃开，而是在试图估计那辆车的速度。它所在的鼠群规模仍在继续壮大，尤其是年轻的老鼠觉醒后，为了节省时间，减少风险，开始以更加理性的方式组织食物采集工作。它们的数量在逐渐增长，目前已经有两百多名成员了。巢穴内部的通道不断向外延伸，导致它们与邻近鼠群的接触变得越来越频繁了。

尽管这些老鼠并不希望唤醒其他动物，但它们没意识到自己是如何造成这种转变的。这是它们相遇时偶尔咬伤彼此的结果，而不是它们的自愿选择。

就这样，病毒在第一个觉醒的鼠群附近扩散开来，如同一棵树的侧根在向各个方向延伸，以寻找水和矿物盐。同样地，它们也在非自愿的情况下，通过被咬或咬对方的方式把病毒传播给了它们的天敌（猫、狗、鸟或黄鼠狼）。

蒙田仍在试图了解有关这个世界的一切，并时常向阿莉雅寻求一些解释，但有时，她很难给出详细的答案。某天，她正在认真钻研课本，不想与它聊天。蒙田便来到窗台上，朝窗外一跃，任由身体下落并适时张开翅膀，通过一段长距离滑翔来减缓坠落速度，最后维持在了一定的飞行高度。它的幼年时期是在笼中度过的，如今重获自由，它很享受偶尔的远距离独自飞行。在此期间，它大大提升了自己的飞行技巧。

几分钟后，它绕远经过公园上空，飞到了劳拉和加布里埃尔的小屋，并降落在了屋门前的楼梯栏杆上。糖糖在花园的一把扶手椅上把身体蜷成一团晒太阳，从振翅的声音听出了那是蒙田，于是缓缓睁开眼睛。

“你好啊，糖糖，我打扰到你了吗？”

“没有，我刚从午睡中醒来。”

“我来是想听听你对眼下发生的事情的看法。目前已经觉醒的动物大概有数十只，但其余的动物仍像从前一样，处在蒙昧状态。”

“那又怎么样？”

“这不公平啊！你替其他猫咪想想。”

“每只动物都可以按照自己想要的方式去生活。它们不干涉我，我也不干涉它们。”

“可你并没有不想要觉醒呀，我也没有。而其他动物，那些没有觉醒的动物，它们也没有不想要觉醒呀！”

“你到底想说什么？”

“或许我们可以拜托劳拉给其他动物注射她的病毒……”

“我是猫咪糖糖，我对不是猫的动物不感兴趣，除非是那些小不点儿，我可以玩弄它们或者吃了它们。”

“我觉得你……太会耍猫科动物的性子了！你声称不要别人干涉你，却很享受跟劳拉还有加布里埃尔住在这里。他们供你吃供你喝，还抚摸你，带你看病……”

“可他们给我做了绝育！”

“没错，没错，但你自己都说了，你不想要孩子。”

“追求爱情难道只是为了要孩子吗？”

“好吧，我对此并不了解，可能鸟类和猫咪的爱情观不太一样。但你扯开了话题，我们刚刚明明在说劳拉和加布里埃尔。你嘴上说要过无人干涉的生活，我看到的事实却是，你每天都在与他们一起生活，并没有搬到别处去独自生活！”

“唔……你把我弄得精疲力竭。我得去睡一会儿了。”爬上楼梯的最后一级台阶后，糖糖转过身来喵喵叫道，“你说的，我还是会考虑一下的……”

蒙田正在用喙整理翅膀上的羽毛，使其变得更加蓬松。听到猫咪的答复，它发出了“呱呱”的轻微笑声，然后扇动翅膀飞走了。

在克莱芒的要求下，阿莉雅也为小疙瘩组装了一台翻译装置。她汲取之前的经验改善了它的性能，但这并不能免除漫长的软件学习过程。不过这一次，装置输出的翻译结果应当会更加可靠。装置准备好后，某天放学，阿莉雅跟着克莱芒来到了他家。她很喜欢到他家去做客。他的公寓位于一栋被花园围绕的小型建筑物的一楼。花园由这栋楼的居民共同维护，他们在这里任意栽种自己喜欢的植物，为这个花园赋予了一种凌乱的美感。在天气晴朗的日子里，阿莉雅常常会到花园深处的一棵大树下看书，或与同为理科生的克莱芒一起温习功课。这一方面是因为家里的气氛偶尔会令她感到压抑，另一方面是因为她很喜欢克莱芒的父母：他们比她的父母更年轻，也更开朗。

克莱芒向小疙瘩解释了操作流程，它已经迫不及待地想要与人类——尤其是它的家人，还有阿莉雅和加布里埃尔——进行交流了。它经常看到这两个年轻人与克莱芒在一起，因而感受到了他们之间的亲密。阿莉雅把装置放到了狗狗的肩胛骨之间，并用一根皮带将其固定。由于小疙瘩已经习惯佩戴牵引绳，所以它比糖糖要适应多了。为了确保装置能够顺利执行学习程序，蒙田也加入了他们。它对狗语的理解程度略逊于猫语，但这主要是因为它较少接触狗。在与小疙瘩交谈的过程中，它进步得相当快。

阿莉雅用清晰的声音说道："我饿了。"

小疙瘩立刻就明白了，并发出了简短而干脆的吠声。在阿莉雅读完了一系列用于校准设备的语句后，她与克莱芒进入了测试的第二阶段，他们与这只小母狗展开了主题更开放的对话。他们询问它是何时觉醒的，今天的感觉如何，等等。谈话进行得还算顺利。小疙瘩热情高涨，一打开话匣子就停不住了。他俩不得不时常打断它，因为当它使用的狗语中出现过多的陌生词语时，装置会无法匹配到对应的法语单词，进而停止翻译。每到这个时候,即使小疙瘩发出再多的吠声和有节奏的呜咽声，这两个年轻人也无法理解它。

最后，克莱芒向它问道："你是唯一一只觉醒的狗狗吗？还是说还有其他狗狗？"

小疙瘩看着他，把头歪向一边，然后向他俩讲述起了小区狗狗所组织的聚会。

不知从何时起，阿莉雅、加布里埃尔和克莱芒的三人小组自然而然地吸纳了劳拉和另外三只动物：蒙田、糖糖和小疙瘩。眼下的状况是如此离奇，他们都没有意识到他们构成了一个人类和动物的混合群体，他们没有对该群体以外的任何人提起过此事。他们知道其他人很快就会发现自家宠物的觉醒，于是，在两台翻译装置投入使用后不久，劳拉提出让全体成员定期到她和她弟弟的小屋去开一次会，以便一起讨论一些问题，毕竟他们平时偶然相遇的机会有限。

几天来，他们正在讨论是否应该有意识地将病毒传播给其他动物。阿莉雅想趁这次聚会把这个问题明明白白地提出来。实际上，有关该问题的讨论一直是在瞒着劳拉的情况下偷偷进行的，因为没有人敢面对面地与她谈这件事。蒙田本可以站出来提这个问题的，可它最近一直在替小疙瘩的翻译装置扩充词汇，自己也忙于学习各种知识。

等所有成员都聚在花园后，阿莉雅直截了当地提出了疑问："咱们这里已经有三只觉醒的动物了，而且我们现在也知道小区里还有其他觉醒的动物。这种病毒可能会继续传播下去，但所有的猫和狗都被感染，恐怕还需要好长一段时间。所以，我们能不能人为地加速它们的觉醒？劳拉，你对此怎么看？"

年轻的生物学家被这个问题吓得不轻，好像阿莉雅刚刚说了什么极其荒谬的话似的："绝对不行， 目前的疫情已经是一场灾难了，我不能火上浇油。"

"那我们呢？"小疙瘩问道。

"你们的觉醒源于一起实验事故。假如病毒蔓延到所有宠物身上的话，后果不堪设想。它们与人类的关系将会变得非常复杂。"

"怎么会呢？我们和小疙瘩相处得还是很好啊。"克莱芒问道。

“那是因为它身边有我们几个，我们大致了解事情的始末。但在其他地方，这会把一些家庭搅得鸡犬不宁的。”

劳拉对阿莉雅说道：“我们正在经历的这些还仅仅是开始。连我自己都难以想象接下来会发生什么。可以预见的是，它们会要求更好的食物、更多的权利……”

“可我并没有提任何要求啊。”糖糖反驳道。由于软件升级到了新版本，翻译器的语音输出质量终于有了改善。

“这倒不假，但这会不会是因为你跟别的猫不太一样呢？”加布里埃尔调侃道。

劳拉继续解释道：“这都不是重点。你们只想到了猫咪、狗狗，或许还有鹦鹉，尽管它们的数量并不是很多。然而，疫情并不会止于这些动物。该病毒能感染小白鼠，因为这一切都始于一只实验小白鼠。在实验室里，我还测试了其他动物，大鼠、仓鼠、雪貂都可以被感染。不仅如此，我还成功唤醒了一只鸽子和一只金丝雀。现在看来，所有哺乳动物和鸟类都可能染上该病毒。”

“也就是所有的恒温动物呗。那你试过鱼类和青蛙了吗？”克莱芒问道。

“试过，病毒对它们不起任何作用。此外，蜗牛、蠕虫和昆虫也没有觉醒。至少我测试过的那些没有。”

“谢天谢地！”阿莉雅打了个冷战，因为她实在不喜欢小虫子。

“我没能测试体型更庞大的动物，比如猪或牛。但从理论上讲，它们没有理由不能觉醒。如果真到了那一天，我们将面临一个巨大的问题。”

“什么问题？”加布里埃尔问道。

阿莉雅立刻就明白了其中的利害，回答他：“我倒无所谓，因为我是素食主义者。可你不同。试想一下，如果你面前的一盘牛肉来自一头觉醒的小牛，那你咽得下去吗？”

第四章　六　月

街区某报刊社论

流浪狗问题

最近，公园区的猫咪引起了人们的注意：它们狂叫不止，且叫声格外冗长，严重干扰了附近居民的正常生活。狗狗的性格并不像猫咪那样变化无常，可如今，似乎连它们也加入了行为失常的动物行列。它们虽没有狂吠不止或发出异样的叫声，却越来越多地在街上游荡。尽管它们还未引发事故，但市民们有理由担心它们中的几条恶犬会咬伤儿童和老人！鉴于此，市政府为何还不采取措施来解决该问题呢？

保罗·杰弗森要求公司内部开展的调查已经有了成果，至少已初见眉目。确实是某种物质引起了猫咪行为的变化。这些猫咪都生活在同一小区。调查者询问了若干名兽医，他们都倾向于漠视这个问题，他们对这种流行病并不特别关注，觉得它无伤大雅，而且对其是否真是一种流行病还持保留意见。但实际上，情况比他们想象的要严重得多。沃夫公司的总裁想到了女助理豹惠于两天前发送给他的消息。

在收购优佳食品公司之后，杰弗森就返回了美国，而豹惠则继续留在法国，以监督测试的进程。她表示测试结果非常令人担忧，以至于她不愿通过电话或电子邮件泄露分毫。短短几句交流后，她说服了她的老板再度穿越大西洋。杰弗森认为，如果他迅速采取行动，沃夫公司或许能够避免最坏的情况出现。

三十多名男男女女聚集在了跨越公司大厦第三十六层和第三十七层的小型阶梯式会议室，豹惠召集了欧洲主要子公司的科学和商业部门的负责人。杰弗森勒令会议必须采取极为严格的安全措施——所有与会者都必须将所有可以或疑似可以联网、录音、录像的设备（笔记本电脑、平板电脑、首饰、手表、眼镜等）都存放在会场入口。早上九点整，豹惠走进了会议室。她披上了她在实验室里穿的白色工作服，以使她即将发表的言论更令人信服。像所有与会者一样，她用英语发言。首先，她回顾了一下事件的起因，即目前已广为人知的猫科动物发声问题，以及杰弗森的提议——开发一种让猫咪恢复正常的疫苗。

“我们获取了一只具有上述症状的猫咪……”

“‘获取’？”沃夫公司挪威分部的财务经理英厄堡·索尔贝格打断了她。

“实际上，我们是在街上捕捉到它的。据可靠消息称，这只猫患有猫科动物发声综合征。然而在被捕后，它却一直保持沉默，准确地说是像正常猫咪一样很少叫唤。鉴于这只猫是我们唯一的线索，我们决定利用实验室常用的大鼠品种来进行试验。我们让这些大鼠接触了这只猫的血液。测试结果显示，这些大鼠没有出现健康问题,也没有明显的体重或外形变化……”

“我不太明白这样大费周章的意义……”胡安·帕尔多嘟囔道。他是马德里附近一家畜类饲料工厂的厂长。

“请耐心听我讲下去。若真是无关紧要的问题，我们也不会在这种情况下召集大家。事实上，这些大鼠还接受了心理测验……”

“真是浪费时间！”

杰弗森神色冷峻，他接替豹惠说道：“够了！希望你们在了解所有信息之后再发表意见。另外，我把丑话说在前面，要是有谁在听到接下来的内容后还无法立刻意识到其严重性，那么这个人将不配再在这里拥有一席之地。目前的情况不容乐观，希望你们能有足够的智商去体会其中潜藏的危机。”

会场上一片沉寂，气氛压抑。

豹惠继续说道：“我要说的问题正与智商有关。据观察，这些大鼠智力迅速提高，达到了啮齿类动物前所未有的智商水平。几天后，它们开始拆卸其笼子里的玩具，然后把得到的零件组装了起来。接着，它们利用自己组装的物件打开了笼门。要不是实验室的安保措施得当，它们可能就逃跑了。”

若干名厂长和经理不禁对此表示惊讶：

“这倒是相当有趣！您可以给我们解释一下……”

“是啊，或许我们可以展开进一步的研究，以……”

保罗·杰弗森立即打断了正在进行的讨论：“你们错了，这一点儿都不有趣，简直糟糕透了！”面对满脸震惊的与会者，他继续说道，“既然现场还有人不明白我的意思，那我来跟你们分析一下我们所面临的风险。为了简化问题，我暂时只以猫来举例。我们公司生产猫粮，不是吗？”

现场无人作答，因为这是显而易见的事。

“我们在法国拥有约一千一百万只宠物猫的潜在市场，这一千一百万消费者每天都要消耗袋装猫粮、鲜肉猫罐头、豪华盒装肉，它们的选择很多。确切地说，是它们主人的选择很多！而它们的主人会选择购买我们的猫粮，是因为他们爱他们的猫咪。当然，他们爱它们也是因为他们可以或觉得可以控制和支配猫咪。”

杰弗森停顿了一下，并用目光扫视了一下在场的所有人：“试想一下，假设猫咪变聪明了……它们不仅自私自我，而且还很聪明……”杰弗森特意在“而且”这个字眼上加重了语气。

“没有人能保证它们会继续留下来接受主人的爱抚，没有人能保证它们的主人会依然那么想跟它们生活在一起。如果这一千一百万消费者变聪明了，它们会有什么样的表现？假设猫咪开始思考自己的生存条件，并选择自己的食物或住所，那它们的主人会有什么反应？更何况到了那时候，猫咪眼里哪还有什么‘主人’，他们最多只能算是‘留它们住宿的人’。所以说，没有人能预测接下来会发生什么。然而，不用我提醒，各位也知道：不确定性对企业获取利润是非常不利的。”

说完后，杰弗森看向众人。他动摇了他们的信心——他们本以为未来只会更加有利可图。然而，他感到还有人没有被说服。有些人甚至可能在考虑从这场疫情中谋取利益。他把最糟的留到了最后。他坚持要向他们描绘一个更加黑暗、更加充满威胁的未来，一个他万般厌恶却又不得不去设想的未来。

“我刚才只跟你们提到了宠物猫，但宠物狗或宠物兔的情况也是类似的。现在我们假设牛或猪也被传染了这种流行病。当然，说不定这已经是事实了。”

“这反而没那么严重，毕竟这些牲畜都被关在养殖场里，我们只要跟那些饲养户搞好关系就行。”

杰弗森用轻蔑的眼神看着这位波兰分公司的经理：“您认为消费者会吃具有高等智慧的动物吗？就说您吧，您自己会吃吗？”

一瞬间，所有人都意识到了问题的严重性。这种流行病不仅可能导致家畜饲养业的瓦解，还会影响那些生产牲畜饲料的产业。对沃夫公司而言，整个农产食品加工行业都会面临崩溃的危险。除此之外，它还可能引发一场国际范围的食品危机……

杰弗森用夸张的语气总结道：“你们还记得疯牛病吗？这将比那时候糟糕一千倍。这种所谓的‘猫科动物发声综合征’也许会将这里乃至全世界的畜牧业推进坟墓！”

在一阵令人沮丧的沉默后，与会者开始提问了，而且他们的疑问越来越多：您对您刚刚所说的有把握吗？您了解这种流行病的传播速度吗？它什么时候会传到其他国家？有没有对抗它的疫苗呢？目前有多少人知道这件事？

有多少人知道这件事？现在这个阶段，这大概是杰弗森唯一能够回答的问题，也是当下最关键的问题。

“据我所知，只有很少的人关注这些叫声怪异的猫，而且他们中的大多数都很快就不再讨论这件事了。除了猫友论坛上的一些评论外，网络上几乎没有任何相关信息……我跟在座的诸位很可能是唯一一批深入探讨这个问题的人。这等于给了我们一个优势，但只是短暂的优势。所以，我请大家守住这个秘密，任何人都不许将今天的会议内容对外透露半个字。今天之所以召集各位，是因为我需要你们尽可能密切地关注该流行病的蔓延态势。如果你们察觉哪只动物疑似患上了猫科动物发声综合征，哪怕其症状再轻微，也请一律汇报给豹惠小姐。”

杰弗森知道自己接下来免不了会收到大量的无用信息，但他认为只要搜索范围够广，他就不会错过真正重要的事件。最后，他又叮嘱道：“假如有记者向你们问起此事，请尽量编造理由，什么理由都好，只要能争取到时间。我们是有机会制止这场流行病的，但我们需要时间。”

会议在一片疑问声中结束了。

当天晚些时候，保罗·杰弗森把豹惠叫到了他的办公室，同时在场的还有创新部经理比尔·哈根贝克，以及他的首席助理加里·索朗。实际上，这两个男人的官方职务只是为了让他们以最不引人注目的方式出现在沃夫公司的组织结构图中，而他们的真正任务其实是负责一系列特殊的隐秘行动。

“豹惠小姐，请为我们介绍一下生物学方面的研究进展。”

“猫科动物发声综合征似乎是由病毒引起的，我们观察到了感染的迹象，即少量抗体，但症状并不明显。我们在染色体组中没有发现任何病毒的痕迹。该综合征可以通过体液，如血液、唾液，甚至是精液传播。换句话说，被患病动物咬伤就会引起感染。另外，这种综合征可以通过母体传播给下一代。新生的幼鼠似乎也受到了感染，但我们还没有足够的时间去验证。当务之急是了解猫科动物发声综合征的来源。为此，我们得找到指示病例[①]。”

加里·索朗扬起眉毛表示困惑。豹惠解释道：“就是我们俗称的‘零号病人’，即第一个得传染病并开始散播病毒的患者。若猫科动物发声综合征是天然形成的，那我们应该能发现致病病毒、细菌，或至少是其基因。若它不是天然形成的，那必然是来自某家实验室。”

“难道不可能是外星病毒吗？”

杰弗森瞬间就恼了：“加里，别跟我们开这种愚蠢的玩笑！

① 指示病例指传染性疾病暴发时最早被发现和报告的符合病例定义的病例。

你跟比尔立刻去仔细调查附近所有实验室的研究活动。我明天一早就要看到报告。”

“那些大鼠该怎么处置呢？”豹惠问道。

“全部除掉，一只都不要留。还有那只猫。我不想冒任何风险。”杰弗森回复道。

“这玩意儿是什么？电子狗绳吗？”夜帝用嘴指了指小疙瘩肩胛骨之间的装置。

“这是一个翻译器。当人类想要与我交谈时，他们只要按一下按钮，然后我说的话就会立刻被翻译成法语。”

在打击对方时，夜帝的话往往会带有讽刺意味：“看来你的计划确实取得了不小的进展呢！你现在都可以与人类聊天了呀！那现在呢,他们在监听我们说话吗？这玩意儿会录音吗？”

小疙瘩有点儿生气地回答道：“事情不像你想的那样。这个装置是阿莉雅制造的，她是加布里埃尔的朋友。她对我们没有任何恶意。”

“是吗？然而我看到的却是，他们可以决定什么时候开启翻译器，而我们却不能。你还是那么顺从和听话呀，我可怜的小疙瘩。”

像往常一样，它们的谈话又陷入了僵局，明明开始的时候气氛还很和谐。夜帝是主动来找小疙瘩聊天的，但它在自己内心的两个欲望之间难以取舍。一方面，它只想跟这只年轻的狗独处一会儿，因为小疙瘩活泼的性格对它越来越有吸引力了。每当小疙瘩来参加聚会时，夜帝老远就能闻到它的气味，并且很迷恋自己随即产生的情绪。另一方面，它从未忘记自己的宏伟计划：在犬群的领导下团结所有动物，迫使人类充分承认其作为自由、自主的个体所应享有的权利。每周二的例会令它非常不满，因为大多数狗狗都只是在叙述自己的小苦恼，从未质疑过它们的人类家庭。

值得庆幸的是，还是有一些狗狗赞同它的想法的，而其他的狗狗也不难说服。宾果也有着超越例会上那些闲谈的抱负。说起宾果，夜帝很警惕这只雪白的大狗，虽然它并不总能听懂对方的长篇大论，但它很清楚对方意欲扩大自身的影响力，进而削弱自己的势力。如今，它感到小疙瘩正在远离它和它的想法。它很懊悔自己的蛮横无理，于是试图通过解释来弥补：“抱歉，我不该那样跟你说话。我只是觉得你对人类过分友好了。由于你跟他们组成了一个群体，所以你以为他们跟我们一样。你的群体是非自然的，是在人为力量下组成的。正常情况下，你所在的群体应该只由狗组成，就像我的群体一样。我预感如果我们不采取行动，人类将会阻挠我们的觉醒。”

“采取什么行动？你错了。我的人类家庭毫无障碍地接受了我跟他们说话的事实，而他们也愿意跟我说话，态度比以前温和多了。”

“或许只有你的家人是这样吧。我很想相信他们与其他人不同，但你描述的这种状态未必能持久。”

“你这话是什么意思？”

“对参加会议的许多狗而言，它们向主人揭示自己觉醒的过程并不顺利。它们的主人似乎只把这当成了一种新游戏。一只什么都能听懂的狗自然令人惊喜，但一只会说话，会讨论，而且并不总是乖乖听话的狗则会令人很头疼。等他们意识到我们的觉醒导致的所有负面效应后，恐怕会难以接受。”

“你是说，我们质疑他们为我们做所有决定的权力，这一点会让他们无法接受？”

“没错。如果有一天我们要求获得公民权利，他们肯定无法接受。这就是为什么我认为这些翻译器对我们非常不利：它们向人类表明了我们真的会说话。假使他们听不懂我们在说什么，他们便无法了解我们的觉醒程度，而我们也就相对安全。但如果他们真正了解了我们，就会意识到我们其实把自己视作与他们平等的个体。到了那时，他们会把我们当成威胁！”

“可他们能对我们做什么呢？把我们变回原来的状态吗？”

夜帝犹豫了片刻，然后朝身旁瞥了一眼，仿佛是想确认自己没有被偷听：“我只希望我们的队伍能够在短时间内壮大，这样人类就没有回头的余地了。”

“我们还能做些什么呢？”

“或许我们应该表现得更有斗志。”

近几个星期以来，网络上充斥着一些荒诞离奇的故事和视频，里面呈现的都是一些具有非凡才能的猫咪和狗狗的行为。当然，其中一些影片是经过剪辑和特效处理的，所以并不能证明什么，只是为了博人一笑罢了。由于猫咪、狗狗和其他萌宠一直都是网友们热衷观看的主题之一，所以这些或真或假的视频内容大多被湮没在了各大网站每天发布的海量新视频中。尽管有一些宠物的主人深入细致地描述了其宠物的行为变化，但这类文章的数量有限，而且很快就被大量讽刺、嘲笑的评论贬得一文不值，然后被其他文章取代了。

劳拉还在继续研究病毒，不是为了了解其作用——毕竟她每天都可以从小疙瘩、糖糖和蒙田身上观察到效果——而是为了了解其传播方式。她再次利用小白鼠开展了多项试验——当然，她有格外留心不让它们逃走——于是很快就明白了这场流行病是怎样传开的。该病毒不会通过接触或呼吸传播，只会通过唾液、血液、精液，以及被粪便污染的食物传播。此外，怀孕的雌鼠能够将病毒遗传给腹中的孩子（若是鸟类，则传播给鸟卵），而病毒对下一代的影响更加显著。新生幼鼠与它们的父母有着明显的差异：它们的大脑体积更大，拥有更多脑回①。这些幼鼠在测试中取得了非同寻常的成绩，而且似乎每天都在进步。不过，病毒并不能把它们变成天才，它们目前无法与蒙田交谈。另外，该病毒对不同种类的动物所产生的效果似乎有差异，即使是同种动物，不同个体的效果亦不相同。

在她得到的诸多试验结果中，有一项令她稍稍松了一口气：该病毒似乎不会对人类产生影响。她向加布里埃尔提了几个问题，他并没有什么特殊感觉，病毒既没有加深他对历史事件的记忆，也没有增进他对数学函数的理解。她自己也没有觉察到任何改变。鉴于观测样本太有限，劳拉无法得出肯定的结

① 脑回是大脑皮质中呈现隆起的部位，与呈现裂缝状的脑沟相对。大脑的沟回褶皱越多、越深，则意味着智力水平越高。

论，但这部分验证了她的猜想：该病毒携带的基因源于人类，因此不会改变人脑的机能，除非一个人的大脑出现了严重的功能障碍。最初，她正是为了修复受损的人类大脑才研发了该病毒！

在试验过程中，劳拉发现这种病毒可以在动物体外的露天环境下存活若干天，这就使其有了更多的机会去感染新的宿主。参考小白鼠 A27 可能遭遇的情况，她很容易想象出病毒的传播路径。咬伤蒙田的老鼠当时应该已经觉醒了，要不然就是处于即将觉醒的状态，正是病毒传染性最强的时候。作为生物学家，劳拉尤其畏惧老鼠在流行病传播中所扮演的角色，她深知这种动物在扩散疫情方面有多在行。截至目前，她知道的受感染的动物只有老鼠、猫、狗……还有一只鹦鹉！显然，食肉动物是最容易被传染的。反过来讲，病毒在食草动物中的传播速度应该会更慢一些，除非它们被携带病毒的食肉动物咬伤。

此外，她还试图评估觉醒的扩散速度。最初，也就是三个月前，小白鼠感染了三只动物：一只老鼠、一只猫和一只狗。劳拉简单地假定一只被感染的动物每周会再感染另外两只，快速计算之后，她得到一个令自己毛骨悚然的数字：在三个月（即十三周）内，该病毒已经感染了超过两万四千只动物。即使她以上的评估并不严谨，这也意味着此时此刻，恐怕已经有数千只觉醒的动物生活在市民家中、街道上、乡村里……再过三个月，情况又会如何呢？她再次计算了一下，然后带着惊恐的神情读出了计算结果：两亿！

看来，这一切注定要掀起一场惊涛骇浪了……

小乌鸦查理在巢中接受了为期三周的教育。这期间，它被灌输了大量历史知识，并从中了解到，要想立于不败之地，就得不断加强权力。它必须通过征服新的领土或建立联盟来拓展自己的活动空间。抑或，它必须对其他乌鸦的行为和思想加深控制，并扼杀一切反对势力，令对手甚至来不及生出挑衅现有统治力量的妄念。其实，这两条策略并不矛盾。

年轻的查理之所以会有这种观念，可能是天性使然，这只乌鸦从一开始就只对征服者感兴趣。不管出于什么原因，不可否认的是，它自带一种专横的气质。它的母亲一直看在眼里，却认为这是有其母必有其子。自从觉醒以后，这只雌鸦发掘出了自己的天性，这种天性之前一直被本能赋予的职责掩盖。它离弃了自己的丈夫。虽然雄鸦最后觉醒了，但雌鸦认为丈夫慢条斯理的性格与它对它们儿子的教育理念和规划思路格格不入。

查理喜欢制订长远计划，它将自己对战略的兴趣与对权力的渴望结合到了一起。它构思了一个包含若干步骤的行动方案，却从来没对任何鸟提起过，甚至连它的母亲都被蒙在鼓里。它担心母亲因为虚荣心作祟而把它的计划透露给其他雌鸦——那些雌鸦均已觉醒。为了实现自己的计划，查理需要一支军队。因此，它有必要组织手下对孵化中或孵化后的幼鸟进行有效保护，以增加后备雏鸦的数量。它设法召集了一小群年轻的雄鸦和雌鸦，使它们为自己所用——当它们还未离巢时，它把自己消化一半的食物吐出来并塞进它们的喉咙里，进而促成了它们的觉醒。

查理为其中尉们制订的第一个目标是消灭公园里的喜鹊和松鸦。这些鸟——尤其是自它们觉醒以来——对乌鸦的卵及幼鸟构成了持续性的威胁。从它们的鸟巢上空飞过时，查理注意到它们用许多五颜六色的东西装饰起了自己的窝。这种行为在喜鹊中很常见，但这种程度的创造力却相当罕见。尽管它对美学并不敏感，但它还是觉察出了这些鸟的意图。所以，它必须将它们除掉，或将它们驱逐出公园。至于海鸥，它自知很难将它们赶走，因为它们具备较大的体型和灵活的空战技巧，况且自第一对海鸥夫妻定居下来以后，又来了另外几对。鉴于它们已经觉醒，查理向它们提出了分享领地的建议，以免两个群体在对战过程中浪费时间和精力。毕竟双方势均力敌，一旦发生冲突很可能是一场持久战，结果只会两败俱伤。

在确保领空基本安全后，查理决定进入计划的第二阶段。

“格兰贝尔先生，我觉得您还没意识到问题的严重性！沃夫公司绝不容忍任何企图损害其利益的行为。若我们发现您对我们有所隐瞒，那您的小公司将为此付出难以承受的代价，或许哪一天，它将不再属于您……”

近几日，豹惠一直在向一些研究人员和实验室老板探听情况。令她恼火的是，他们似乎都不明白她究竟想知道什么。当然，由于她不愿声张此事，无法向他们透露细节，因此她也只能得到一些含糊的答案。值得庆幸的是，她有杰弗森的两名打手陪同：他们的出现往往能“帮助”那些被质问的对象重新找回“丢失”的记忆，进而或多或少地提供一些有用的信息。加里·索朗肩宽背阔，身材高大，虽然他才刚满三十岁，但他气定神闲的样子会让对话者感到安心。比尔·哈根贝克明显比他年长许多。与加里相反，他听不懂法语，但他壮硕的身躯和凶狠的面目却比任何语言都更有说服力。

这三人组成的沃夫团队正在走访实验室，这件事花费的时间比预期的要多。豹惠以捕捉到被感染猫咪的地点为圆心，画了一个半径为一公里的圆圈，她推测这只猫应该没有远离它经常出入的地点。她原本估计他们在这个范围内最多也就找到十来家实验室。可是，她忘了这附近还有一所大学——就是乌鸦查理“旁听”历史课的那一所。于是，他们询问了该大学的分子生物学系、遗传学系、动物学系、应用生态学系和进化发展心理学系的负责人，仔细研读了每位研究人员发表的文章，视察了所有正在进行的实验，却依旧没有找到任何线索。他们甚至检查了公园、动物园的兽医实验室。现在，他们还剩几家生物技术公司需要排查，其中就包括他们正在问讯的这家碧欧基泰克。

豹惠坐在格兰贝尔的办公桌前，她的左右两侧分别站着比尔和加里。在这三位不同寻常的调查者面前，这位公司老板感到局促不安：“我不明白为什么沃夫公司会对我们感兴趣。我们实验室研究的是人类神经退行性疾病，如阿尔茨海默病、帕金森病……”

“用不着您给我介绍这些病。”豹惠立刻打断了他。

“……根本不涉及动物心理学。”格兰贝尔总结道。

“也就是说，你们从来没有拿猫做过试验，对吗？”

“那当然，我们饲养的实验动物只有小白鼠。不过，容我想想……”格兰贝尔松了口气，因为他终于有机会向这些令他不安的访客证明自己积极配合调查的态度了，于是补充道，“我们有位女研究员在实验中提高了小白鼠的认知能力，或者说智力。她的名字叫劳拉·古皮。”

小疙瘩兴奋极了，它刚参加完小区狗狗的例会。像往常一样，每次会后，它都极度渴望与人类交流。对于翻译装置赋予它的本领，它依旧感到十分惊奇。不过，它并不是走到哪里都使用这个装置，因为它深知大多数人甚至都不会把它的吠叫声与这个小装置发出的人声联系到一起。但是，只要它与家人或朋友在一起，它的话就像开了闸的水龙头，关也关不住。这一天，它格外激动：“我有一个重磅消息要告诉你们。我们狗狗认真思考并调查了觉醒的传播途径。答案是用嘴咬对方！我的意思是，如果我咬了另一只狗狗，必须是咬出血的那种，那么它也会觉醒。或者，我可以舔它，比如舔它的脖子，然后它也舔自己的脖子。呃……不行，不能舔它的脖子，否则它很难舔到我舔的地方。当然，如果咬对方或舔对方的狗狗没有觉醒，那就什么都不会发生，除非被咬或舔的那只已经觉醒……总之，我想说的是，只要确认嘴里沾到血或唾液。而这也并不复杂，因为我们狗狗都能辨别出血的味道……不过，这些都是细节。最重要的是，我们知道如何才能唤醒其他狗狗了！”

糖糖用嘲讽的语气说道：“你们狗狗真了不起！尽管你们是最后一个知道的，但你们终于还是知道了。其实，我们还能通过……”

“够了，大家都知道你要说什么。”克莱芒打断它。

面对阴阳怪气的猫咪和毫无反应的人类，小疙瘩意识到自己的“独家新闻”原来早就是尽人皆知的事了：“原来你们早就知道了。可我还有另一件事要告诉你们，这件事你们肯定不知道：我们决定号召全城乃至全法国的狗狗发起一项运动。”

“为什么不是全世界的狗狗？”加布里埃尔的话里隐约带着讽刺。

小疙瘩不为所动，回应道：“那也不是不可能。我们的行动叫吃掉你的邻居。”

突然，它的装置停止翻译，并发出了一系列断断续续的声音。蒙田飞到它身边，啄了一下翻译器的按钮，以关闭装置，然后代替它说道："你们别误会，刚才是机器翻译出了故障。实际上，小疙瘩介绍的这个行动叫舔醒你的同类，其目的是动员狗狗们唤醒那些尚处在蒙昧状态的同类。"

"那叫舔狗行动岂不是更合适？"加布里埃尔调侃道。

阿莉雅觉得他今天一直在释放负能量，于是反驳道："如果你想表达的就这些，那还是让小疙瘩来说吧。"说着，她重新开启了翻译装置。"有话就接着说吧，小疙瘩。"

"谢谢你，阿莉雅。其实，真实情况要更复杂一些。我们中的一些狗狗觉得这样做未必有用，其中最胆小的几只甚至认为这会给我们带来麻烦。就我而言，我觉得这很重要，因为我们只有这样做，才能让全国各地乃至全世界的狗狗觉醒。"它一边总结，一边看向加布里埃尔。

鼠群的发展速度很快，如今已有四五百只成年鼠，外加仍处在哺乳阶段的幼鼠。在黑漆漆的巢穴通道里，它们很难数清成员总数，但了解确切数量其实也没有太大意义，因为这个数字日新月异：每天出生的幼鼠总比死亡的老鼠多。尽管它们没有事先商量过，但它们却集体萌发了一个想法：消灭周围的其他鼠群。因为这些外来老鼠侵占了它们的领地和生活空间。实际上，是它们的鼠群向各个方向扩展，进而影响了附近的鼠群，但它们才不管这么多呢！

而且，这些老鼠在咬痕和觉醒之间建立起了联系。它们明白了它们可以自行唤醒那些思维混沌的同伴——只需将它们咬伤即可！相反，它们必须避免唤醒其他鼠群。正因如此，它们与其他鼠群之间的争斗在性质上发生了变化。从前，当它们遇到外来老鼠时，爆发的仅仅是小规模冲突：它们一般只会咬伤对方以示警告。可是现在，交锋却成了一场真正的杀戮：任何外来老鼠一旦被咬伤，都必须被处死。它们决不让外来老鼠活着回去，否则外来老鼠很可能会唤醒它们自己的鼠群。

接下来，它们不得不考虑第二个步骤：全面控制其领地上的食物资源。为此，它们还得除掉那些与自己争食的鸟类。这些食物本该是它们的，它们也需要这些食物来喂养那些数量越来越多、越来越饥饿的幼鼠。虽然鸟类是在白天觅食——不像老鼠是在夜里——但鸟类的行为还是损害了鼠群的利益。因此，它们决定必须尽快消灭领地上的那些鸽子、麻雀和乌鸦。

第四章　六　月

这是一座由玻璃和钢铁建成的大厦，在偌大的商业区内几乎不会引起人们的注意。沃夫公司的商标“WOFF”在建筑物的正面一字排开，它代表的是一声友善的吠叫[①]，抑或是一声充满威胁的咆哮。劳拉站在大厦前，不太清楚等待她的将是什么，隐隐有些担忧。昨天，她的老板通知她：沃夫公司的总裁——一位叫杰弗森的先生要约见她。然而，从路易·格兰贝尔焦虑的神情中，劳拉体会到，所谓的“约见”其实换为“传唤”更贴切，因为她根本没有选择的余地。她的老板称自己并不知道对方为什么提这个要求。这位年轻的女研究员料想这应该与她几个月前发表的文章无关，尽管那篇文章已经引起了神经遗传学专家的重视。

和她的弟弟一样，她的外表会使那些不了解她的人对她的性格做出误判——她的深棕色头发和鹰钩鼻会给某些人留下难以相处甚至性格极端的印象。实际上，她尽管常常表现得十分机敏，但骨子里是个有点儿腼腆、时常怀疑自己且优柔

① 由于“WOFF”在读音和拼写上都很接近英语中犬吠的拟声词“woof”（相当于中文的“汪汪”），所以劳拉才会有此联想。

寡断的人——在生物学方面除外。只有在她擅长的领域，她才会真正充满自信和活力。专业才是最重要的——她总这样说服自己。

她不得不把身份证留在前台，并等待一名女秘书过来接她。“这是必要的安保措施，望您谅解。”她被这样告知。她们一起乘电梯来到了最高层。公司总裁应该就在这层，劳拉心想。那名女秘书请她进入一间极为宽敞的办公室，里面随便一把椅子的价值都相当于她好几个月的工资。各种动物形象的雕塑随处可见，劳拉认出了蓬朋①的一尊铜雕豹和毕加索的一尊铜雕鹤——很可能都是真品。此外，还有一系列以鸡、山羊和牛为主题的 18 世纪小雕像、用失蜡法②工艺制造的铜雕和陶塑。

在这些大大小小的动物雕塑艺术品中，有一个女人和三个男人正等着她。年龄最长、气质最优雅的那位男士带着浅浅的笑意，用疑问的眼神看向劳拉：“这应该就是那位杰出的遗传学家了，使老鼠变聪明、让猫咪能说话的人！”

尽管劳拉有点儿意外，但她仍努力保持镇定。一瞬间，她在脑中还原出了事件的前因后果：他们发现了若干只觉醒的动

---

① 弗朗索瓦·蓬朋（1855—1933）是法国著名的动物雕刻家，曾为罗丹当过助手。

② 失蜡法也称“熔模法”，是古代一种精密铸造青铜等金属器物的方法。

物，然后调查出了它们觉醒的大致日期，进而据此确定了最早出现流行病的区域范围。接下来，他们只需列出专攻神经遗传学的实验室和研究人员名单，毕竟从事该项研究的实验室和人寥寥无几……想到这里，她觉得没有必要假装惊讶，于是表现出了一副镇定自若的样子："没错，我就是你们要找的人！"

"要找到你可不是什么难事……"加里冷笑道。

"住嘴！"杰弗森小声斥责道，随即请劳拉坐下。

"说得对，所以我不觉得惊讶，毕竟我的研究报告并不向公众保密。"

"但您还是把您的发明成果藏起来了呀！我不得不承认，我真是相当佩服，我们到现在都没弄清楚那是什么呢！"

豹惠有些不快，叹了口气："如果时间充裕的话，我们本可以检测出来的。"

杰弗森接着说："不管怎么说，我们都希望您能与我们站在一边，而不是与我们为敌。这样的话，接下来的事情就好办多了。"

劳拉扬起眉毛，这一次，她是真的很惊讶："与你们站在一边？"

"没错，您的老板可能还没来得及通知您……沃夫公司刚刚收购了碧欧基泰克。豹小姐，去把格兰贝尔先生请进来。"

劳拉的老板走进了办公室，他的脸上写满了尴尬与为难：“亲爱的劳拉，真的非常抱歉。在合同签字以前，我什么都没能告诉您。否则，这很可能导致交易取消，希望您能谅解。”

他看上去似乎有点儿担心。劳拉在想杰弗森是否把收购的真实原因告诉了他，如果真是这样，那他确实有理由担心……她直截了当地提出了疑问：“所以您把病毒也卖了？”

“呃……病毒？”

杰弗森打断道：“啊，原来这一切都源于一种病毒……格兰贝尔先生，您竟向我隐藏了这个小秘密呢！没关系，反正我们早晚都会发现的。我想我大致了解了事情的来龙去脉：一组基因、一只小白鼠、一群猫……其实这是再自然不过的事了。只是我不明白，我们为什么会发现不了这种病毒……古皮小姐，您能解释一下吗？”

“应格兰贝尔先生的要求，我对病毒做了加密处理。”

“又是格兰贝尔先生……看来您在这件事里参与了不少啊。算了，这个我们以后再谈。加里，请把格兰贝尔先生送出去好吗？”

等这两个男人走出办公室后，杰弗森继续说道：“您的病毒取得了巨大成功。它本可以在预期的领域发挥重大效果的。”

“本可以？”劳拉打断他道。

“是啊，不过也可能是‘将可以’。我的意思是，我们之后也许会关注其在人类医学领域的用途，虽然您也知道，在医学研究中，积极的实验结果并非绝对的保障。药品生产中存在太多的不确定因素……但是首先，我们迫切需要解决的是动物方面的问题。我很愿意相信，这是您的无心之失。”

劳拉点头表示赞同。

“不过，您仍然对此负有责任。您的小实验可能会给我们公司造成数百万美元的损失。”

“是数十亿美元的损失。”豹惠纠正道。

“没错，数十亿美元……”杰弗森若有所思地重复道。他坐回自己的办公桌前，然后用更强硬的语气继续说道：“……我们绝不能让这种事发生。”

“你们未免太夸张了吧？”

“古皮小姐，相信您应该也对猫科动物发声综合征的负面影响有所耳闻……”

“猫科动物发声综合征……我们把这称为‘觉醒’。”

“我们？”

劳拉不小心说漏了嘴：“我的意思是……我把这称为‘觉醒’。”

“我理解，因为您觉得那些动物比以前更机灵了。”

“不是我觉得，是那些动物称自己像是摆脱了一种漫长而蒙眬的半睡眠状态。它们感觉这个世界似乎变得更清晰、更易理解了。总之，这是它们自己说的。”

杰弗森犹疑了片刻：“您是说您跟它们说话了？它们能跟您交谈？”

“没错，是这样的。”

杰弗森用双手抱住脑袋，一动不动地待了一会儿，然后抬起头来说道：“这一切比我之前想象的要严重多了。无论如何，我们绝不能称之为‘觉醒’，就叫它‘猫科动物发声综合征’吧，这种叫法更中性、更严肃。古皮小姐，我知道您从动物的这种转变中看到了……美好的一面。但我敢肯定，这种病毒在您研究的小鼠和猫咪之外所造成的影响，您也一定思考过。”

“您是担心养殖场的动物会意外受到感染吗？”

“疫情的蔓延是不可避免的。日前已经有人向我们报告了第一起牛被感染的案例。由于我们无法识别出该病毒，因此很难确定这件事的真伪，或许只是虚惊一场。请您替我们去核实一下，好吗？”

保罗·杰弗森的语气既和蔼又坚定。劳拉点了点头，但她还想进一步了解接下来会发生的事情，想知道沃夫公司打算如何应对疫情。考虑到病毒可能引发的一系列后果，若她承认自己对此事负有责任，恐怕会给她的公司带来一场灾难。可是，劳拉不知道该如何抑制病毒的快速传播——她几天前才估算过疫情的扩散速度。“我当然可以检测这些动物，但我不认为我们能遏制和平息这场疫情，除非杀掉所有受感染的动物。然而，找出所有受感染的动物本身就是一件不可能完成的任务。”

“说得没错，而且即使我们能找到它们，我们也无法轻易除掉其中的宠物猫和宠物狗。”杰弗森一边思索，一边回应道。

“所以说，我们不可能回到从前了。”

“既然这样，那我们就向前看！”杰弗森似乎重新坚定了决心，“解铃还须系铃人，您可以撤销已经发生的事。”

“怎么说？”

“既然您已经创造了一种传染性极强的病毒，那您一定有能力再创造出一种同样传染性极强且能抵消前者效应的病毒。我说的不是抗病毒物质，而是一种逆病毒。”

劳拉思考了一会儿。“唔……这倒是有可能实现的，不过这次运用的基因……”她停顿了一下，意识到自己差点儿说出她还不完全确定想要透露的重要信息，然后接着说道，“……但谁也不能保证逆病毒也能以同样的方式来传播。”

“那得试了才知道。我们没有选择。如果您评估过这种病毒可能带来的后果，那您肯定明白，它可能对您的国家乃至整个世界的经济和食品供应造成灾难性的影响。”

“是，您说得对。无论如何，必须一试。我从明天起就着手研制新病毒。”

“假如您有任何需要，请联系豹惠。”

当劳拉走出沃夫公司的大厦时，她已经开始在脑中构思逆病毒的组成结构了。

在阿莉雅的房间里，蒙田更倾向于走路，而不是飞行，因为它害怕触碰到那些精巧的小机器人：摆在置物架上的那些，其天线和铰接臂都伸出了架外；而悬挂在天花板上的那些就更别提了，用于悬吊它们的尼龙线几乎是肉眼不可见的。它沿着粗壮的栖木横向移动，把喙当成一只手来帮助自己快速挪动身体，然后一跃来到书桌上的电脑屏幕旁：“我亲爱的阿莉雅，您觉得您还能像过去几个月那样继续收留我吗？”

“我亲爱的蒙田，这对我而言并不是负担，而是一种乐趣！”阿莉雅很欣赏这只鹦鹉略带风雅的措辞。她回忆着法语课上分析过的作家（从高乃依[①]到马里沃[②]），并尝试以同样的口吻来回复它。

“我留下来不是因为鸟粮，尽管我鲜少品尝如此美味的食物，而是因为我将很难适应没有您陪伴的日子。虽然您平时说话不多，但言语间频频闪烁着智慧。”

受宠若惊的阿莉雅告诉蒙田，自家的大门将永远向它敞开，希望它把这里当成自己的家。尽管她的父母还不了解这只灰鹦鹉的真实本领，但他们已经接受了它。他们把它当成一只普通的鸟，只是很惊讶阿莉雅居然让它随心所欲地进进出出。鉴于这只鸟出门后总会平安归来，所以他们就没过问那么多。

蒙田心事重重地看着阿莉雅：“我之所以说这些，是因为我对未来有些担忧。根据我对跨国公司沃夫（它对该公司名称的发音像是一声嘶哑的犬吠，听着有点儿吓人）的了解，我怕他们会像石磨碾碎麦粒那样打击报复我们的朋友劳拉。这家公司绝不会毫不抵抗地任由病毒扩散，毕竟这关系到他们的生死存亡。”

阿莉雅点头表示认同，她也觉得劳拉的处境将变得十分艰难。

---

① 高乃依（1606—1684）是法国著名的古典悲剧作家。

② 马里沃（1688—1763）是法国戏剧家、小说家，法兰西学院院士。

“说些不那么令人沮丧的事吧。如果我没看走眼的话，您对她的弟弟加布里埃尔似乎有着别样的情愫……”

女孩儿脸红了，轻轻地叹了口气：“你没看错，蒙田，可是那个家伙却毫无察觉。”

“您错了，他的眼里明明只有您。是您对他的评价不够客观！”蒙田发出了一个奇怪的声音，阿莉雅选择把这当成笑声，想必这是鹦鹉真正的笑声。“对了，您制造的机器人进展如何？”蒙田问道。它看出了阿莉雅的局促不安，于是转移了话题。

“哦，没什么实质性进展。我感觉它仍在攀爬和越过障碍之间犹豫不决。我没有时间优化它的决策系统。”

“据我观察，这也是人类遇到的问题！”

“你是说跨出第一步？”阿莉雅脱口而出，她还在想着她与加布里埃尔的事。

“不，女孩儿，我说的是做决定。”

“你总爱笼统地概括出各种理论，并摆出一副说教的架势！”她笑道。

蒙田撑开了翅膀上的羽毛，就像人类耸肩的动作一样：“或许您说得对。今后，我会尽量以事实或可预见的事为准。其实，危险不仅仅来自沃夫公司。除此以外，我还担心动物们各自的愿景和计划会出现矛盾。它们是如此多种多样！它们拥有各自的历史，与人类的关系也各不相同。按照现在的发展趋势，它们恐怕会在未来视彼此为敌。自从有了高智商以后，它们既展现出了人性的优点，又暴露出了人性的缺点。”

“你有这方面的确切信息吗？”阿莉雅问道。她总会着眼于更具体的实例。

“我整天飞来飞去，不说只听。我是从狗狗、乌鸦、老鼠……还有人类的对话中听出来的。”

“还有猫咪！”阿莉雅补充道。

“并没有，猫咪都太高冷独立了，准确地说是太无忧无虑了。不过糖糖是个例外，它不像它的许多同类那样对周围的事漠不关心。”

“会不会因为你是鸟类，所以对猫科动物抱有天然的敌意呢？”

“我觉得不会，可谁知道呢？我们很难认识自己……自觉醒以来，我在这方面进步甚微……”

第五章　七月—八月

某养殖户工会公告

无理的隔离措施

在一次令人遗憾但无关紧要的事件后，畜牧兽医部门在某农场周围拉起了警戒线。我们强烈抗议这种不合理的强制隔离措施。据称，有一群奶牛从围栏中逃了出去，并冲到了城里的集市上，使正在购物的市民受到了惊吓。对于这则未经证实的报道，省政府似乎反应过激，担忧得过早了。要知道，奶牛因围栏门没关好而趁机逃跑是再正常不过的事了。在这种情况下，只需把它们再送回牧场即可！有关猫科动物发声综合征和所谓“觉醒”的谣言根本毫无依据，而且只会令我们这个已陷入困境的行业雪上加霜。

糖糖躺在一楼的瓷砖地面上，把身体伸展到了最长，以寻求一丝凉爽。它半闭着眼睛，很享受被身边这群人包围的滋味——如今，它已把他们当成了朋友。蒙田栖在楼梯扶手上，正在用喙的尖端细致地清洁着自己的羽毛。小疙瘩趴在阿莉雅的脚边，犹豫着是去招惹糖糖（这是个有点儿冒险但又好玩的游戏），还是试图说服加布里埃尔陪它一起到公园散步。

至于三个年轻人，他们正在庆祝学年结束——他们三人都成功通过了高中毕业会考。就在刚才，他们谈起了自己将要在大学里学习的专业。克莱芒想要专攻生物学，他的目标是在今后找到一份与动物相关的工作。他的父母一如既往地支持他的任何决定。鉴于夫妻俩本身就很倡导生态保护，所以他们并未试图抑制儿子的热情和积极性。

阿莉雅决定继续从事机器人技术研究。与克莱芒不同，她并未得到父母的鼎力支持。她的母亲在一家运输公司当秘书，她希望自己的女儿能成为数学教师。她的父亲虽与她站在一边，却不怎么会替她去说服她妈。他是一名会计师，前不久刚办理完退休手续，从此便进入了一种自我封闭的状态。没有了另一半的阻挠，她的母亲变得更加不依不饶了，每天都会提起这个话题。讽刺的是，阿莉雅在考试中取得的高分反而令家庭气氛变得更加凝重了。

至于加布里埃尔，他还没有明确的方向。跟克莱芒一样，他在一家休闲娱乐中心找到了一份暑期工。在那里，他负责照看一群因家境贫寒而没能外出度假的孩子。他琢磨着，在这笔工资的基础上，如果他的父亲同意助他一臂之力，他就有足够的钱去美洲或亚洲进行一趟长途旅行了。巧的是，费利克斯·古皮上周刚刚回过家——他上次回来看他们姐弟还是三月份的事。对于加布里埃尔的旅行计划，他表示很支持。

“难道你们不想旅行吗？”他问两位朋友。

“当然想啊，但得过一阵子才行。我眼下还没攒够钱呢。你就不能等我们大家一起出发吗？”克莱芒问道。

“是呀，大家一起去多好！我目前也走不了，得等到明年才行。”阿莉雅补充道。

他们尽管很高兴自己终于熬完了高中生活，却无一例外地感到了一种莫名的不安。近几年走过的路虽然辛苦，但是被规划好的，他们只要从一个班级转到另一个班级，无须过多思考。可现在，他们面对的是一个自由的未来，自由到令他们有些不知所措。

阿莉雅一点儿也不想与加布里埃尔分别数月，可她不知道要如何把这种心情告诉他。加布里埃尔则十分沮丧，因为阿莉雅并没有对他的计划表现出很大的兴趣。与此同时，他也在考虑如何帮助劳拉摆脱沃夫公司的魔掌。他知道她在逆病毒的研发上还没有取得太大进展，也料到了杰弗森的好脸色恐怕持续不了太久。她会丢掉工作吗？对方会不会使用其他方法来给她施压呢？

克莱芒操心的事与他们不同。他为自己所在的动物解放团体策划了一个了不起的行动。此刻，他正在思考该如何把这件事告诉他们。他在犹豫是否该把他俩牵扯进来，尽管他个人觉得这是合情合理的正当之举，但事实上，此举并不真正合法……

宾果来了，它的身边围着一小群狗狗，它们亲切友好地尖声或低声吠着，叫得非常卖力，似乎连喘息都顾不上。近些日子以来，无论宾果走到哪儿，这些狗狗都跟着它。它们觉得它说的每一句话都是值得被吸收和传播的真理。对其他狗狗而言，宾果还是从前的那个宾果，只是它的追随者现在改称它为“王子”了——据它自己称，这个名字是它在睡梦中得到的启示。

根据宾果的说法，最先觉醒的一批狗狗对万物的自然秩序负有特殊责任。因此，应该由它们来决定接下来要唤醒的动物。宾果把觉醒看得很神圣，认为这种仪式不能随意地进行。当狗狗们讨论到“舔醒你的同类”这项行动时，它曾提出要创建一个保荐制度，为的是仅唤醒那些有资格被唤醒的狗狗，但这条建议并未被采纳。后来，就连它自己也承认，评估未觉醒者的资质高低并非易事。于是，它稍稍修改了自己的学说，并建立了一个游说团体。如今，该团体的职责是说服那些新近觉醒的动物，使它们从一开始就能认同宾果的思想。鉴于宾果的思想仍时有波动，所以这样做的主要目的其实是让那些动物承认宾果（或者说王子）的领袖地位。

在狗狗大会上，它还是那个宾果，除了它的团体以外，其他狗并不视它为领袖。

所有狗都在同时发言，它们奋力发出短促的吠声和低沉的咆哮。小疙瘩并未参与其中，作为旁观者的它已不太知道该做出什么反应。它看清了宾果爱操控他人的一面，并且不喜欢它那些不容置辩的言论。虽然小疙瘩很喜欢这个群体，但它也觉得这群狗喋喋不休、思路不清。它厌倦了这种主题不明的混乱讨论。跟夜帝一样，它也想让人类认识到觉醒这种不可思议的事件，但它不愿采取夜帝推崇的办法，准确地说是它猜想夜帝会使用的办法，毕竟夜帝也只是暗示了它们可以采取更粗暴的做法。然而，面对不断累积的障碍和迅速变化的态势，它不得不承认夜帝说的或许并非全无道理。

在动物解放团体的团员之间，他们更愿意用“团体”来代称自己的组织，以回避其全称。其实他们正在考虑为自己的团体换一个名称，只是他们暂时没时间替它想出一个新的首字母缩写词——新名称必须比现用名“GLA”更令人印象深刻，最重要的是，它要能促使新闻媒体忘掉这个现用名……

问题出在该团体于数月前发起的一次行动上。为揭发肉鸡繁殖工厂里动物生存环境恶劣的实情，几名团员拦截了一辆优佳食品公司的大卡车，车上装载着刚出生一天的小鸡：它们正要被送进养鸡场的铁笼里，然后在两个月内被催肥，以达到上市体重，最后被送去超市贩售。此次行动特意被安排在了优佳食品公司为宣布其被沃夫公司收购而举行的新闻发布会的前一天。这几名团员盗走了卡车，但由于他们的司机之前只驾驶过小型卡车，再加上当天下雨路滑，结果这辆卡车在高速公路的入口匝道上发生侧翻，倒在了一旁的路堤上。除了不少小鸡外，没有人在事故中受重伤。然而，卡车受到的撞击致使车门打开，鸡笼变形，大量小鸡从卡车里逃了出来，并在公路上制造了一场混乱。最终，这次行动导致数千只小鸡丧生。次日，某位记者就此事发表了一篇标题为《丧钟[①]为谁敲响？》的文章。

周围人的冷嘲热讽使他们在接下来的几个月里偃旗息鼓，再没有组织什么活动。尽管他们言辞激进，效率却通常不高，花在讨论和争执上的时间比花在行动上的时间更多。正因如此，一部分成员离开了该团体，并加入了另一家协会——尊重自然和动物联盟。该协会会集了一群相对保守的动物保护人士，他们大多比动物解放团体的积极分子更年长。如其名称所示，该协会关心的领域更加宽泛，不仅维护动物的福祉，也重视环保问题。一年前，他们对一家不遵守法规的畜类运输公司提起诉讼，使其受到了法律制裁。

对动物解放团体而言，他们想要掀起一场真正的革命，一场涉及人与动物之间的各种关系的革命：不论是养殖场里的牲

① “丧钟”一词在法语里写作“glas”，其读音与动物解放团体（Groupe de Lib é ration des Animaux）的法语首字母缩写词“GLA”的读音相同。因此，该标题中的“丧钟”是一语双关，既暗指了该团体，又点明了其导致鸡群丧命的事件。

畜、马戏团里的动物，还是家里的宠物，它们与人类的关系都将发生改变。

或许正是出于这个原因，克莱芒才会提出一项更周密的新行动计划。他想要唤醒一家工业化养猪场里的猪——该行动完全契合其团体的宗旨，但实施起来却困难重重。首先，他们无法直接给猪接种病毒，因为他们手上并没有可以直接注射的病毒。克莱芒深知劳拉肯定会断然拒绝向他们提供这种注射液。其次，他们也无法在牲畜的运输过程中开展行动，因为离开养殖场的猪都是被送去屠宰场的，那时候再唤醒它们已经太迟了。所以，唯一的办法是使那些正在被催肥的猪崽通过饮食感染病毒。

以小疙瘩描述的舔醒你的同类为基础，克莱芒想出了另一种操作模式：把觉醒的狗的唾液以气雾剂的形式喷洒到猪饲料上。这样，其中所含的病毒就会散布到饲料颗粒表面，而食用了这些饲料的猪立即就会被感染。克莱芒向小疙瘩解释了自己的行动计划。小疙瘩认为这是它实施其家畜联盟计划的绝佳机会，所以二话不说就决定要帮助他。它召集了几只愿意参与行动的狗狗。在禁食了一天后，面对几大碗堆得满满的、令它们食欲大振的狗粮，这些狗狗忍不住垂涎三尺，克莱芒因而成功收集到了沿着其嘴唇往下流的口水。就这样，动物解放团体的团员们获得了一袋沾染了病毒的饲料。

接下来还得想方设法把这些饲料提供给养殖场里的猪。假如它们是被关在室外的畜栏里，那事情就好办多了。然而，只有那些被冠以“有机食品”或类似认证标志的猪才生活在这样的环境里——享有更好的待遇，拥有更大的活动空间，所食的饲料也更加健康。总体而言，它们的生活条件比工厂化农场里的那些动物要好得多。动物解放团体的某些团员不分青红皂白地反对所有类型的养殖场，但克莱芒认为，如果以那些善待动物的养殖场为行动目标，必定会招来非议。在小鸡伤亡事件后，他们有必要重新获得公众的认可。为此，他们必须找一个确有虐待动物之嫌的、所有人都能够理解的目标。

于是，他们选择了一家工业化养殖场，那是一家拥有五万多头生猪的庞大企业。在对通往养猪场的道路进行了一周的监视后，团员们成功确定了其猪崽饲料的供应商，并调查出了该供应商的卡车所走的路线。然而，他们根本没机会进入卡车货箱并把他们的饲料掺入袋中。所以，他们不得不潜入养猪场的内部开展行动。这家养猪场的附近没有村庄，周围都是农田。它包含二十多个长条形棚舍，不同类别的猪（妊娠母猪、哺乳母猪、肥育期的猪崽等）被分开饲养在不同的棚舍里。这家养猪场的规模非常大，要潜入其中似乎并不是很难。

克莱芒问加布里埃尔愿不愿意陪他一起去。虽然加布里埃尔并不十分在乎猪崽是否觉醒，但他觉得这样的冒险很有趣。为了不让朋友失望，他同意了。他们选择在一个周六的夜晚展开行动，那正是养猪场里值班的人最少的时候。他们把汽车停在了距养猪场两公里远的一个树丛旁——返回的途中，万一他们在旷野里迷失了方向，还可以借助这个树丛找到停车地点。同行的还有另外两名团员，他们将留在原地等候，并在必要时为他俩提供帮助：如果接到克莱芒的来电，他们将通过在养猪场门前狂按汽车喇叭的方式来转移守卫人员的注意力。一切都计划好了。

午夜时分，两个男孩儿开始朝养猪场的方向走去。在玉米田里，他们的行进速度因入夜后自动开启的灌溉系统而有所减缓。由于鞋子上沾满了沉甸甸的污泥，他们花了将近一小时才到达包围养猪场的铁丝网旁。他们用钳子在铁丝网上剪出了一个洞。这个洞的前方有一堆沙土，在其掩护下，即使有人从环绕棚舍的小径经过，也几乎察觉不出异样。克莱芒钻了进去。加布里埃尔把装有饲料的袋子递给了他，然后自己也钻了进去。

“下一步呢，我们该做什么？”

“我们得等守卫从这里经过。在他再次回到这里之前，我们大概有半小时的时间。”

趴在饲料贮存塔的阴影里，他们很难被发现，而且出于谨慎，他俩还在刚刚经过的一片田地里打了滚——那片田地以猪粪为肥料，所以泥土里还散发着粪臭味。加布里埃尔觉得这种气味令他难以忍受，但克莱芒告诉他，这是不被守卫的狗察觉的唯一办法。不一会儿，他们看到一名守卫出现在了小径昏黄的路灯下，手里牵着一条高大的看门犬。

“我们该怎么进到棚舍里去呢？”加布里埃尔问道。显然，他根本没有仔细研究过这次行动的细节。

“有两种选择。第一种是通过猪粪的疏散通道，该通道位于猪圈漏粪板的下方。”克莱芒答道，他用头灯照亮了棚舍墙根处的排污口，一股令人作呕的棕色液体从里面源源不断地流淌出来，“只要钻进去，然后前进二十米左右，我们就可以掀开……”

“我绝不进到那里面去！”加布里埃尔觉得甚是恶心，几乎叫嚷了出来。

“既然这样，那我们可以尝试从通风管道进去，就是那边那几根伸出棚外的大型管道。昨天，我们的人看到有几名维修人员拆下了其中一根管道里的风扇。我不知道那根管道的另一头是否有金属罩，但我们可以爬进去看看。”

他们贴着棚舍的墙壁，快速朝那几根距地面一米高的通风管道走去。突然，他们经过了一个小门。“从这儿进去不行吗？”加布里埃尔问道。

“不行，这门肯定被上了锁……”

加布里埃尔还是试了试，谁知竟毫不费力地推开了门。他微微一笑走了进去，为侥幸逃过克莱芒的两种方案而松了口气。他们来到了一个装满电子设备的小房间里。

“这里是分配站。他们的员工就是从这里操控猪饲料、水或抗生素的自动供应系统的。”克莱芒解释道。

房间里的一扇玻璃门透着昏暗的光线。这扇门的背后便是猪舍，其尽头消失在黑暗中。他们走进去以后，猪舍里几乎一片寂静，但扑面而来的刺鼻气味却呛得他们直想咳嗽。整个空间被金属栏杆分隔成了无数个大大小小的猪圈。每个猪圈里的猪都躺在肮脏泥泞的地面上呼呼大睡。只有猪舍的另一头还有动静——一小群猪崽还在窸窸窣窣地活动着。

“既然它们还没睡，那它们应该更有可能吃下我们带来的饲料。”克莱芒说道。

“好，我们走。”

两个男孩准备穿过猪舍，然而在这个由金属围栏形成的迷宫里，他们无法看清要走的路线。于是，他们决定沿直线走，跨过一道又一道栏杆，从一个猪圈到另一个猪圈。每经过一个猪圈，里面的猪都会因受到打扰而哼哼几声，或挪动一下腿，但仍然保持趴着或躺着的姿态。当他们到达目标猪圈时，一群小猪立刻就围了过来。它们并未表现出明显的敌意，既不哼哼，也没有试图咬他们，甚至连看都不看他们。它们只是不停地把他们往围栏处赶，仿佛是想让他们离开猪圈，但他俩认为它们这样阻挠他们纯属一种无意识的行为。

克莱芒想要摆脱它们，以便把带有病毒的饲料倒入它们各自的食槽中。他迈开腿，准备跨过离他最近的一只小猪，却在其他小猪的推搡下失去平衡，摔倒在覆盖着烂泥和稻草的地面上。他叫了一声，加布里埃尔赶忙过去扶他起来。那些小猪仍在一言不发地四处走动，并再次试图把他俩往围栏处赶。它们的行动看似杂乱无章，实则异常有组织、有计划。

加布里埃尔感觉它们在用眼角的余光窥视他们，但它们只要一感到有人在看它们，就会立刻扭过头去。“这些猪崽真是奇怪。它们明明在看我们，但又不让我们知道，好像是想掩饰它们的好奇心似的……”

“是啊，我在想……”克莱芒犹豫道。

“想什么？”

“它们会不会已经觉醒了？”

然而，他们没时间确认这件事了，他们还得按原路返回，然后离开养猪场。于是，他们不再抵抗小猪们的推搡，跨出围栏，离开了它们的猪圈。紧接着，在返回操控室的路上，他们把饲料倒进了那些熟睡的猪的食槽里。最后，他们悄无声息地离开了棚舍，顺着来时的路溜了出去，最后越过田野回到了停车点。

第二天，他们向动物解放团体的全体团员汇报了本次行动。尽管一群猪崽出现了奇怪的反应，但总体而言，行动还算成功，没有造成损害，也没有人被捕。大家打算等几天再发表胜利公告，因为他们认为养猪场的员工在面对觉醒的猪崽时一定会遇到问题，到时候消息自然会不胫而走。

然而，事情的发展并非他们所想的那样。离养猪场最近的村庄的面包店里没有传出任何流言，当地报纸也没有任何这方面的报道，什么消息都没有。无奈之下，他们只好给养猪场打去电话，并谎称自己是某大型工业化猪肉食品企业的采购员，以试图打探养猪场的状况。他们尽管格外留心以避免引起怀疑，却没能联系上比副厂长秘书职位更高的负责人，对方的态度亲切友好，却没有向他们提供任何有价值的信息。

猪的觉醒

天亮了，我吃东西，然后玩一会儿，接着又吃东西。天黑了，我睡觉，然后玩耍，我……哦不，我弄错了，我睡醒后先吃东西。

一切进展得如此之快，以至于我意识不到发生在我身上的事。

可既然我感觉我意识不到这些事，那就说明我意识到了我的感觉……

什么乱七八糟的，我得去吃东西了。

*

再说了，“我意识不到这些事”这句话本身就毫无意义。

既然我都“意识不到”了，那我怎么还会知道“这些事”的存在呢？所以说，其实我是意识得到“这些事”的……

怎么还是乱七八糟的。也许我去吃点儿东西，就能想明白了。

*

想事情，吃东西；想事情，吃东西……如果我没记错的话，从前的日子一直都是不想事情，吃东西；不想事情，吃东西……

我不知道哪种情形更好。

但不论是哪种情形，我都难以想象生命只局限于如此单调的重复。

瞧瞧我的同伴们，它们都有着完善的构造：一个身体、四条腿、一个头、两只眼睛、一个鼻子、两只耳朵……所有这些都是如此井然有序！使这一切能够正常运作的身体内部结构，其复杂和精巧程度就更不用说了！

所以说，生活不应该只是这里所呈现的样子。否则，这些奇迹般的复杂构造是如何诞生的呢？

他们是为了惩罚我才把我关在这里的吗？而且惩罚的重点是让我失去记忆吗？

这一切太复杂了，我得去吃点儿东西了……不对，我不能再这样一直吃了，我必须尽快搞清楚这里发生的事情。

*

处于这种状态的并不止我一个。我看到其他同伴也像我一样，眼神空洞，摇晃着脑袋，窸窸窣窣地到处活动，仿佛还像从前一样……思想混沌，仿佛还没有觉醒一般。我也不知道这是为什么，但我感觉我最好假装什么都没发生一样，向那些监视和饲喂我们的人隐藏我的状态。

这个地方不安全。我能感觉到笼罩在我们头顶的巨大危险。

我必须躲起来，可我又能躲到哪儿去呢？

*

我于三天前觉醒了。

在寻觅食物的过程中，一只觉醒的老鼠冒险来到了工业区。它发现了一个散发着诱人气味的仓库，从外面可以看到优佳食品公司的蓝底绿色四叶草商标。老鼠并不知道这个商标意味着什么，但气味已为它提供了足够的信息。它从外墙的一道裂缝钻了进去，这道裂缝有一半隐藏在雨水落水管的后面。仓库里很安静，昏暗的光线并不影响老鼠的行动，因为它保留了足够灵敏的嗅觉，可以借助进入其鼻孔的各种气味来为自己导航。突然，一股令它兴奋的香味吸引了它。

循着这股香味，它来到了一个狭窄的通道，通道尽头是一个木制托盘，上面堆叠着一袋袋货物。它很快就找到了香味的来源——鱼粉。于是，老鼠毫不犹豫地钻到了两袋货物之间，并开始啃咬包装袋。就在这时，一名工人启动了已将货叉插入托盘孔内的叉车。该操作引起的震动使托盘上的货物微微失去了平衡，它们互相撞紧、压实，致使身在其中的老鼠被压得丢了半条命。

接着，陷入昏厥的老鼠被运送到了以谷物、鱼粉和乳制品残渣为原料的饲料生产线上……此时正值假期，留在工厂车间值班的员工人数大为缩减，这或许就是这只老鼠能通过原材料质量控制程序的原因之一。受污染的一百多袋产品凑巧被发送到了同一家农场。这家农场规模庞大，饲养着六千只鸡。它们被日复一日地催肥，三个月大时便会被宰杀。

鸡的觉醒

我看见了亮光，于是我从栖架上跳下来。其他鸡也从栖架上跳了下来。我在地上走着。我看到了一颗谷粒，把它啄进嘴里，味道不错。我继续走着。我又看到了一颗谷粒，把它也啄进嘴里，味道不错。我看到一个更明亮的方形光源。我朝亮光处走去，来到了外面。我朝远处望去：上部是蓝色的，下部是绿色的。我看见我周围是褐色的土地。我朝草地走去。我看到了一只昆虫，于是把它啄进嘴里，味道不错。

*

我饿了。我朝那扇门走去。其他鸡也在走向同一方向。我跑到门口，走了进去，然后跳到食槽上。我看见里面有谷粒。我啄呀，啄呀，啄呀。味道不错，不错，不错。我看到了昨天的那个人。我向他走去。他撒了一把谷粒。我把它们啄进嘴里，味道不错。

*

我走到外面。我心想："我今天已经出来过了。"我又心想："我之前从未想到过这个。"我走着。我看到了一颗谷粒，于是把它啄进嘴里，味道不错。

*

我于三天前觉醒了。

尽管劳拉估算的病毒扩散速度不是很准确，但与现实相差得并不太远。据农业部长咨询的专家称：截至七月中旬，法国约有两万只觉醒的动物。由于各方（一些农业工会、动物保护协会、农产食品加工业代表，以及几位自家有宠物觉醒的部长）的联合施压，法国政府不得不开始重视这个问题。为此，他们秘密地成立了一个调查委员会。据部长称，这样做是为了"避免给公众带来不必要的恐慌"。

卫生部任命的流行病学家未能找到问题的起因，但这并不妨碍他们像对待任何流行病一样，寻找其来源并评估其发展态势。像豹惠一样，他们企图找到指示病例，但却无果。原因是比尔·哈根贝克和加里·索朗已经清除了劳拉在碧欧基泰克实验室的所有活动痕迹。她在科学期刊上发表的文章本可以为调查人员提供重要线索，但一般人很难看出其研究领域与动物觉醒之间的联系。因此，她成了漏网之鱼。

另外，由于他们着手调查得太迟了（大量猫狗都已经受到了感染），所以专家们很难理清所有事件的时间顺序。人类的阐述太含糊，而狗狗的叙述又不靠谱：它们都太过趋向于美化这种转变。至于猫咪，它们很爱通过误导调查人员来消遣取乐：在它们编造的故事中，或许有一两个事件是真实的，其余的纯属虚构。

事实上，某些专家已经开始承认：这些动物传达的是名副其实的“信息”，也就是说，它们确实形成了有意识的思想。由于这样的结论有悖传统的认知，所以一开始只有极少数专家支持该观点。他们中的大多数甚至都无法想象动物会说话这件事。另一些专家则秉持了科学家特有的严谨态度，在开展了一系列测试后，他们不得不承认，所谓“谣言”是有科学依据的：“觉醒”的动物的智力水平出现了大幅提升，它们能够理解人类的语言，甚至能够与人类交流。另外，它们之间也会互相交谈，这一点常常被忽略，或许是因为这更加令人感到别扭——

纯动物之间的对话表明，它们的生活并不局限于与人类的交往和相处。

生物学家们整理了一份受感染物种的清单。他们发现，这些动物的受感染程度取决于其种类和其所处的地理位置。不同地区的猫和狗，其受感染的程度差异很大。在地图上，密集的感染点会与大片未受感染的区域交替出现。至于其他宠物，专家们在兔子、豚鼠和宠物貂中观察到了一些病例，但在乌龟、蛇或金鱼中却没有任何发现。因此，他们便把研究对象锁定为哺乳动物——为数不多的觉醒的鸟类并未引起他们的注意，况且其中受感染最多的乌鸦和海鸥通常比较低调。此外，生物学家们还大大低估了该病毒在老鼠当中的扩散程度，因为觉醒的老鼠很少会被逮住。

他们对圈养的牲畜进行了更为细致的研究。觉醒的牛马数量相当少，而且它们很容易被识别出来，因为它们的行为会在觉醒后发生巨大变化。觉醒的牛会经历一个沉思阶段，这个阶段通常会持续三到四天，这期间，它们几乎会停止进食。紧接着，它们又会很明显地回归到原来的状态。这些牛会思考，但却很少会把想法表达出来。觉醒的马起初会表现得比平时更烦躁，但随后又会恢复平静。不过，它们仍会因反复尝试与骑手展开语言交流而扰乱赛马和马术课。

对觉醒的猪的鉴定工作则更加复杂，因为它们都倾向于向饲养员隐瞒自己的状态。在某些案例中，它们甚至曾试图使那些正常的同类被当成觉醒的猪。专家们尚未弄清楚这种行为的原因。

觉醒的迹象日益累积，但仍过于分散，所以还未能形成一幅清晰明朗的整体图景。

牛的觉醒

我站在那儿思考。

由于我的上下颌在反刍时不停地做着开合运动，我感觉我的头骨都要变形了。

思考，就是咀嚼思想。

我必须把所有想法一个个地消化，必须不停地重新思考它们，并不知疲倦地重复这个过程。我必须咬碎、咀嚼、磨烂它们，以从中榨取出精华。

这有点儿像我咀嚼从肠胃里反刍到嘴里的青草——重新返回到嘴里的草，味道更好，我可以长时间地咀嚼它们。

同样地，我把一个想法送到我的脑子里，当我重新将它从脑子里取回来时，它已经成熟了，如果我再慢慢咀嚼它，我还可以从中获取新的想法。

做事要冷静、沉着、深入、彻底。

我很清楚我身上发生了一些变化。我成了一个崭新的我，但同时也还是从前的那个我。

我会再三斟酌我的想法，就像我会反刍我的食物一样。

*

我于三天前觉醒了。

鸦群向鼠群发起的小规模战斗使得后者无法靠近公园。如今，它们占有着大量食物——主要是游客们在公园野餐后丢在垃圾桶或长凳下的残羹剩饭。这个鸦群声名远播，以至于每天都有新的乌鸦来到周围的树木上定居。整个公园鸦声四起，然而还没有人注意到其叫声的多样性——要知道，这在乌鸦中是很罕见的。

这群乌鸦需要越来越多的食物。它们向来都是有能力进行远距离飞行的。在觉醒之前，它们已经知道世界是一个无垠的空间了，因为乌鸦的视力非常出色。唤醒它们的病毒尽管大大降低了它们的嗅觉敏感度，但却几乎没有影响到它们的飞行技能。因此，查理决定把乌鸦的这种技能利用起来，以拓宽鸦群的资源。

它命令自己领导的乌鸦定期飞往远郊采集食物——那里的居住区之间分布着广袤的田野。这些乌鸦会利用砂囊把昆虫和谷粒研磨成一种含有高度营养价值的糊状物，然后将其带给正在抱窝的伴侣或已经孵化出来的雏鸟。

某天，查理手下的一名中尉护送一群乌鸦飞到了远郊。它的目的与它们不同：它想知道在城市以外的地方是否有乌鸦觉醒。这在查理为建立其帝国而制订的计划中是相当重要的一点。目前在城市里，大多数乌鸦都还处于愚钝状态，它们对觉醒的同类所说的话充耳不闻、无动于衷。

这名中尉是雌性，它称自己为“查理之声”。它并没有给自己起真正的名字，而其他乌鸦也从未想到要给它一个称呼。实际上，乌鸦们还未体会到提及那些不在场者的必要性——它们之间的社交关系仍比较薄弱，所以根本想不到要在背后谈论彼此。简言之，它们还没有发觉讨论八卦的乐趣。

正当查理之声飞过一片最近刚播完种的田野时，它发现了一只小型啮齿动物的尸体，大概是一只田鼠——它是被农药毒死的。查理之声降落到了尸体旁边，它仔细留意着周围的动静，却并没有发现任何觉醒的乌鸦，于是准备飞回去向查理汇报。而那具小小的尸体将为它回程的飞行提供足够的热量。

一刻钟之后，它因为消化不良而觉得身子有些沉。此外，食物中所含的农药也令它感到了不适。于是，它不得不紧急迫降，落在了某个牧场中央的一个饮水槽边缘上。突然，仿佛有一股电流穿过了它的全身，它伸长脖子，头向前倾，把喙张大，在身体抽动的瞬间呕吐出了一个散发着臭味的食团，里面包含着田鼠的骨头和毛发。砂囊分泌的少量黏液把不能消化的残渣都聚集到了一起，以使它们更容易顺着乌鸦的食道向上排出。

其中一根小骨头在乌鸦的消化道内壁上划出了一道轻微的伤口，致使少量血液渗入了食团中。而在这些血液中，少量病毒依旧处于活跃状态。这个食团掉进了牧场的高草丛中。傍晚时分的一场小雨将食团打湿，并使其分裂成了碎块，而这些碎块最后随风粘到了周围的草叶上。当受污染的草叶被加拉泰——一匹在牧场上休息的母马吞下时，病毒仍然存活着。

入夜前，一名马夫过来把它牵回了马厩，以便让它和种马场的其他马一起在那里过夜。由于这匹母马摄取到的病毒数量极少，所以过了一个多星期以后，增殖扩散的病毒才在它的大脑里引起变化。不过接下来，一切就进展得快多了。

马的觉醒

我不知自己有什么想法了。

仔细想想，这句话还真奇怪！

从前，我不会思考，或者说不会像今天这样思考。而现在，尽管我会思考了，但我却很难理解我思考的内容，而且我根本不明白我为什么会这样思考……

这一切真是可怕！

*

从前，在一个似乎离我很遥远的时期——其实我很清楚自己才刚刚脱离这个时期——我处在一种双重状态，一种半清醒半睡眠的状态。我对即时事件有着敏锐的感知。我能听到风吹过草丛的声音，能听到云雀的歌声，能听到蚱蜢的嗡嗡声。我能闻到湿润的泥土的气味、远处的干草垛的气味，以及来带我出去散步的骑手身上的味道。这些感觉是如此清晰而强烈，几乎令我感到疼痛，但与此同时，我却不会去思考这些感觉，任由它们像无害的幽灵一样，在我脑海里转瞬即逝。

如同在梦里一样，我的思绪还未彻底成形就已消失不见了，随即转化成在顷刻间消散的记忆。从这片朦胧的思潮中浮现出的唯一事物是那些重复出现的画面，那些我经常经历的场景。这种似曾相识的感觉会给我的内心带来平静。正因如此，我才能从容地面对每一天。

但有时，在听到意外的声响，遇到骤然的强光，或看到人类似乎很喜欢的某个暴力场面时，一些性质完全不同的回忆会从我的记忆深处突然浮现。这些回忆挥之不去，但我却记不清具体的事件，所以这一直以来都是令我感到焦虑的原因之一。

*

今天，我体验到了一些前所未有的感觉。今早醒来时，我居然回忆起了乔治昨晚离开马厩时跟我说的话。他说："晚安，加拉泰，做个好梦！"

更令我惊讶的是，我竟然听懂了他说的话——当时，我甚至都没有立即意识到这件事的新奇和惊人之处。我没有想到要做出回应。今晚，我会尽量战胜自己的恐惧，试着回应他。

*

我于三天前觉醒了。

公园动物园正吸引着越来越多觉醒的动物，因为这里饲养着许多野生动物，食物储备既充足又丰富，非常符合老鼠、乌鸦、海鸥以及其他一些物种的饮食需求。不过，某些常去公园的动物（比如宠物猫和宠物狗）并不是为了在那里觅食，因为它们在自己的人类家庭被喂养得很好。其实，它们是对自己的野生“亲戚”产生了兴趣或好感，所以偶尔会在入夜后来到其围场外观察它们。

糖糖就是其中的一员。有一天，它在大象的围场前停下了脚步——尽管它很爱表现出一副对任何事都漠不关心的样子，但骨子里还是挺有好奇心的。它被眼前这一个个庞大如山的身躯深深地震撼到了，但同时也忍不住取笑它们光秃秃的皮肤和比例失调的五官。最终，糖糖对它们极度丑陋的外表产生了怜悯感——至少某天晚上，它对陪它一起逛动物园的蒙田是这样说的。最重要的是，它觉得它们的长鼻子十分神奇。对此，它甚至有点儿嫉妒：虽然没有可用于抓握的手指并不影响它的生活——况且它很少需要携带什么东西，而且对人类使用的各种器具也不感兴趣——但它还是觉得灵巧如手且力大无穷的象鼻非常不可思议。它很爱看它们用长鼻子玩耍、洗澡、进食、抓痒……连续看几小时都不会腻。

一天，糖糖正与蒙田谈论着这些。突然，这只鹦鹉提议要与它联手唤醒大象：“我们应该尝试一下。要知道，即使没觉醒，它们也似乎比其他大多数动物更聪明。若我们成功的话，那接下来很可能会发生非常有意思的事。”

同所有猫一样，糖糖天性好奇，所以它接受了提议，并立即着手制订行动计划。咬伤大象显然是不可行的，因为它们的皮肤太厚了，而且这么做也很危险。所以说，必须从它们的食物下手。然而，要使干草染上病毒貌似也难以实现……最终，它俩商量出了一个计策。为此，它们需要制造一个诱饵。蒙田向阿莉雅要了一个大小适中的苹果。它把喙插进果肉，然后带着苹果飞向了公园。

与此同时，糖糖经过一个又一个花园，并小心谨慎地穿过一条条马路，最后穿过栅栏门溜进了公园。爬行动物馆的后面有一小块荒地，那里生长着粗糙且富含纤维的杂草——糖糖偶尔会通过食用这些草来帮助自己吐出舔进肚子里的毛发。它用牙齿扯下几根草叶，然后吞了下去。接着，它到大象的围场前去与蒙田会合了。正当它等待刚刚吞下的草叶发挥作用时，蒙田小心翼翼地在苹果上啄出了一个小孔。忽然，糖糖感到自己的胃部在收缩，于是立刻把嘴对准苹果上的小孔。随着身体的抽动，它吐出了一团暗绿色的粥状物——它俩希望这里面包含着大量病毒。接下来，蒙田把刚才啄下来的一小块果肉又塞回了小孔，然后带着这只“夹馅”的苹果飞进了大象的围场中，并把它放到了它们选中的大象面前。

那是一头相当年长的雌象，它是象群的“女族长”。蒙田认为，如果它们能成功将它唤醒，它将最有资格唤醒象群的其他成员。该象群总共有七名成员，它们大多是成年的大象。糖糖和蒙田专心地观察着这头雌象：它缓缓走近那只苹果，用鼻尖嗅了嗅它的气味，然后利用象鼻末端的两个手指般的突起物抓起苹果，并将它送入了口中。它咀嚼了一下，似乎并未察觉出糖糖的“礼物”，然后把苹果整个吞了下去。

大象的觉醒

我从一场无休止的睡眠中醒来，这场睡眠仿佛持续了好几个世纪，仿佛时间不慌不忙地给了它自己更多的时间。

不，不完全是这样的。我之前并不在睡觉。我是醒着的，但我觉得自己迟钝而怠惰，好像被禁锢在一个时间过得特别慢的维度里，好像有稠厚的空气渗入了我的头脑，使之变得麻木，好像连气味本身都特别笨重而迟缓。

没错，尽管我描述得还不够清晰，但我已经十分接近了。话说回来，思想上的迷雾又如何能描述得清呢？我对从前的日子有印象：实际上，懒怠拖沓的并不是时间，而是我自己的思想。不论是看东西、闻气味，还是想事情，我做什么都很缓慢。

*

如今，虽然我依旧行动迟缓，但我的大脑却运转得更快了。我的身子依然很笨重，但我的思想却变得灵活犀利起来。从前看起来模糊的事物，如今变得异常清晰，简直令我感到奇妙。我看清了周遭的环境，也意识到了我是谁。我是一个象群的领导者，除我以外的象群成员仍处于蒙昧状态。不久，我将唤醒它们。我是它们的母亲，它们的保护者。我冷静、从容，并且强大。

*

我于三天前觉醒了。

对宠物犬小疙瘩的采访

致主编

有些词句之所以没能被很好地记录下来，那是因为翻译装置并不总能理解这只狗吠叫的内容。此外，当它给出的回答过于冗长时，也会发生这种情况——狗狗的话还没有说完，装置便开始翻译了。我们没能验证所谓的翻译装置是否包含一个能让人类远程代替狗狗来作答的双向无线电收发器。因此，这段访谈内容只能被当作一个真实性尚待核实的原始文件。

采访当天，狗主人阿尔芒[①]也在场，但他与狗狗保持着一定的距离，而且似乎也没在操纵任何装置。

以下文本源于采访时的录音

记者：您好，小疙瘩。本次采访有点儿特殊，因为有一点值得说明，您并非人类，而是一只狗。

小疙瘩：准确地说是一只母狗。

记者：哦，对，那我应该称呼您小疙瘩女士还是小疙瘩小姐呢？

小疙瘩：叫我小疙瘩就行，谢谢。

记者：今天是7月12日，星期六，我们现在在公园的一条小径上。您跟您的主人在一起。他经常带您来这里散步吗？

小疙瘩：他不是我的主人，他是我所在群体的二级领导者。另外，不是他带我来散步，而是我跟他来散步。

记者：您所在的群体？您的意思是您和其他狗一起生活在街头吗？

小疙瘩：当然不是！我的群体就是我的人类家庭啊，这都

① 应克莱芒的要求，记者使用了他给自己取的化名。

是一回事。

记者：那你是……呃，对不起……您是什么时候开始说话的呢？

小疙瘩：大概四个月前吧，我也是一点儿一点儿才学会的。

记者：会说话这件事有没有改变您与您所在群体的关系呢？

小疙瘩：您是说我的人类家庭吗？没有，我还是像从前一样爱他们。不过这也很正常，大家都爱自己所属的群体。您也爱您的群体，不是吗？

记者：呃……我想是吧……不过咱们还是谈谈您吧。自从您开始说话以后，肯定发生了一些变化。比如，您还会继续服从他们吗？

小疙瘩：当然会啊，我们必须始终服从领导者。这很正常，这样很好。我敢肯定您也是这样做的。不过说实话……我并不总是服从阿蒂尔。他是家里年纪最小的，而且他也不是领导者……我是说，他对我来说不是。他和我一样，也必须服从领导者。不过，真实情况通常更加复杂。服不服从取决于我们是否喜欢或崇拜我们的领导者。以我的朋友夜帝为例，他就不……（装置未能继续翻译）

记者：谢谢您的解释，小疙瘩。我想我们的读者朋友能够理解您的意思。现在，您能否谈谈，听懂人类的语言给您带来了怎样的感受？

小疙瘩：您知道的，在此之前，我并不傻。相反，我已经能了解许多事情了。你们人类的气味很能透露你们的情绪。有时我甚至会想，在互相闻不到彼此气味的情况下，你们是如何生活到现在的！没有嗅觉的引导，你们肯定总是误解对方的感受，我说得对吗？自从“觉醒”以后（小疙瘩做了一个特殊的头部动作，仿佛是想强调这个词似的），虽然我的嗅觉功能稍有退化，但我对人类之间的对话理解得比从前透彻多了。

记者：您会与其他狗交谈吗？

小疙瘩：会呀，用狗语交流可要容易多了。

记者：您如何解释说话这种新本领？

（就在这时，小母狗左顾右盼了好几下，仿佛在寻求帮助。它发出了一种吟唱般的呻吟声，不禁让人联想起了奥地利的约德尔山歌[①]。这种叫声并未被装置翻译出来。）

记者：我可能问得太笼统了，是谁教会您说话的？

（小母狗再次犹豫了片刻，然后回答。）

---

① 约德尔山歌是流行于古代瑞士和奥地利山民之间的一种山歌。它源于瑞士阿尔卑斯山区牧民呼唤羊群、牛群的喊叫声。

小疙瘩：我不知道。

记者：难道您不知道是谁让您变成这样的吗？您不知道发生了什么吗？

小疙瘩：我不知道……不，其实我知道，只是我觉得我不能说出来。

记者：为什么？这是一个秘密吗？

小疙瘩：我很难跟您解释清楚……

记者：那您能否至少告诉我，这个翻译装置是谁为您配备的？

小疙瘩：是阿莉雅，她是我的人类家庭的一位朋友。

这时候，狗主人阿尔芒借口称自己有紧急约会，中断了这次采访。

沃夫公司大厦的第三十七层回荡着杰弗森的怒吼声。他之所以大发雷霆，有如下几个原因：第一，他手下的生物学家团队太无能，这些所谓的专家竟然连一个小小的病毒都识别不出来；第二，碧欧基泰克至今还未研发出逆病毒；第三，比尔和加里这两个家伙自从被派到农村后，到现在都没回来；第四，豹惠居然没有想到要去检测养猪场里的猪。不过，最令他恼火的还是那些分公司的经理，他们根本没弄明白他想要什么，甚至连这次事件的利害关系都搞不清楚。

整件事始于一周前。正如杰弗森所料，沃夫公司旗下工厂的大多数经理都给他发来了完全无价值的报告——由于害怕错过任何重要情报，并且渴望表现出积极配合的态度，他们每天都会撰写大量无用的报告，以为可以通过这种方式来赢得老板的青睐。

然而，在这堆充斥着像“异样的鸡”和“令人担忧的牛”这类字眼的荒谬文字中，偶尔会出现一些值得关注的细节。豹惠凭借其一贯敏锐的直觉留意到了一头“制造混乱的猪”。不过，这并不能算作那些经理的功劳——要不是她安插在各大报社编辑部的眼线向她提供线索，恐怕她也无法在堆积如山的报告中筛选出有价值的信息。很不巧，这头猪所在的养殖场并不属于沃夫公司。因此，杰弗森派了豹惠去进行实地调查。她借口称沃夫公司正计划投资这家养猪场，于是得以参观了里面的各个棚舍。

养猪场场长答应了她的所有要求，然而这次视察却毫无结果。其实这也难怪，要想在五万头猪中识别出一头（甚至是若干头）觉醒的猪，犹如大海捞针。最终，她并没有收购这家养猪场——因为她对其毫无兴趣——而是买下了包括妊娠母猪在内的所有猪，并安排运输公司把它们直接运到了当地的屠宰场。养猪场场长象征性地抗议了一下，但在收到支票的那一刻便没有了任何顾虑。

尽管运输公司动用的是能够装下二百五十头猪的大型卡车，然而这项工作还是花费了六天时间。最终，所有猪的尸体都被丢进了焚化炉，以使它们的肉、皮肤和骨头无法再感染其他动物。上述这些流程都是在比尔和加里的监督下进行的，他们负责确保这批猪的任何部位（哪怕是一条猪腿、一个猪蹄、一根猪肠）都不会被投放到市场上。这次行动耗资不菲，但杰弗森觉得如果这么做能够遏制疫情的传播，那这笔钱也不算白花。要知道，这是目前唯一一起大型养殖场受感染的案例。不过话说回来，这件事并没有完全被证实，原因是豹惠没能来得及在这批猪被销毁之前采集血样。因此，劳拉·古皮没能进行病毒检测。没有人知道该养猪场的猪是否真的受到了感染。

杰弗森也很纳闷，他在思考这种病毒是如何传入养猪场的。也许是老鼠带进去的。但豹惠很肯定地告诉他说，棚舍非常现代化，她检查过的所有管道都密封良好，这些小型啮齿动物根本找不到钻空子的机会。既然这样，那就不得不考虑是猪的饮食出了问题。会不会有人在暗中刻意传播这种病毒？等比尔和加里一回来，他将交代给他们一个新任务：跟踪那些最积极的动物保护分子，他们中的一些人活跃在曾经起诉过他的尊重自然和动物联盟中，另一些人则活跃在动物解放团体中——该团体虽已沉寂了很长一段时间，却什么事都做得出来！

第六章　九　月

《博物馆邮报》

动物园正在面临前所未有的困境

如果令宠物和一部分牲畜受到感染的确实是一种病毒，那这种病毒如今已将魔爪伸向了动物园。有证据表明，野生动物是可以被传染“猫科动物发声综合征”这种动物流行病的。最先受到感染的是食肉动物，不过在大象中也出现了若干病例。有鉴于此，动物园不得不加强安全保障措施，因为“觉醒”的猛兽可以毫不费力地逃出其围场。幸好这次意外发生在夜间，饲养员才得以在不惊扰游客的情况下将它们抓捕回来，否则后果不堪设想。此外，饲养员们对动物饮食的把关也变得更加严格了。然而，我们目前尚不了解这种流行病的本质，所以很难防止其他物种受到感染。如果有一天，连猿猴都觉醒了，那事态将会发展成什么样呢?

“你们的肉安全吗？不会是觉醒的牛肉吧？”

阿莉雅哆嗦了一下。这个突如其来的问题把她一下子从自己的思绪中拽回了现实。站在她面前的是个十几岁的男孩，嘴角挂着一丝讥笑。他回头瞟了一眼身后的伙伴们，仿佛自己刚才开的玩笑有多幽默似的，然后继续说道:“要真是的话，我可不掏钱！知道吗？”

他故意做出一副要把钱包放回夹克衫口袋里的样子。阿莉雅犹豫地回答道:“不……不是的……我们在这方面挺注意的。那您还要不要呢？”她指着配餐完毕的餐盘问道，上面放着一包薯条、一杯可乐，以及那个引起争议的汉堡。

“我开玩笑呢，当然要。”

其实，阿莉雅根本不知道自己卖的汉堡是用什么牛肉做的，她每天也会问自己这个问题，并且很后悔打这份暑期工。要知道，她戒肉已经很久了，可现在，她每天都得浸泡在烧热的油脂气味中，而且还要面对这些令她不自在的问题。

七月份的时候，她曾在一家大型汽车公司的研发部门做过实习生。那期间，她没能在机器人编程上学到多少东西，但却至少意识到了这条路并不适合她。接下来，她便在快餐厅做起了这份为期两个月的工作。这家餐厅离她家不远，她每天上下班都得穿过公园。

在那里，她经常能看到蒙田和糖糖，并且有点儿疑惑，不明白它们为什么总在公园动物园的门口转悠。她并未听说野生动物觉醒的事。那些新闻媒体有没有如实报道所有信息呢？动物们自己有没有透露什么消息呢？回到家后，她得问问蒙田……她定了定神，继续接待下一位顾客，心中盼望着对方不要再问同样愚蠢的问题……不过坦白地讲，其实那个问题并没有那么蠢。

傍晚时，她约了加布里埃尔和克莱芒在露天咖啡座见面，并向他们倾吐了心中的郁闷。加布里埃尔安慰她道："算了，别放在心上，那都是一群傻瓜，不过是在自作聪明罢了！"

"也许吧，可他们问的问题也不是没道理。"

这时，克莱芒接着阿莉雅的话说道："你说得对，我们并不知道养殖场里发生的事。还记得我和加布里埃尔一起完成的那次行动吗？到现在都没有任何消息，我们都不明白这是为什么。当时，那些猪表现得很奇怪，就像已经觉醒了一样。后来，我们的人曾看到很多辆卡车从那家养猪场里进进出出。我敢肯定养猪场场长强行平息了这件事……换句话说，他除掉了所有觉醒的猪。其他养殖场里——不论是养猪场，还是养牛场——很可能也发生了同样的事。”

阿莉雅震惊万分：“我们不能再袖手旁观了！必须想办法帮助这些动物，让它们有发言的权利。无论如何，我们都该把它们全部唤醒。人类应该让它们自行决定以后的生活。”

“按你的意思，难道我们也要赋予它们投票权吗？”与另外两位好友不同，加布里埃尔对此事持保留态度，他继续说道，“没错，它们现在会思考了，但它们的一切都离不开饲养者。它们有吃，有住，有人照顾……”

“……但最终还是难逃被人吃掉的命运。”克莱芒补充道。

“是，如果我们不吃它们的话，那养殖场就失去了存在的意义。没有人会去白白喂养它们。到那个时候，它们该如何生存下去呢？”

阿莉雅皱起了眉头：“你说得也太可怕了！”

“这都是事实。”

加布里埃尔提出的问题引起了克莱芒的兴趣。一直以来，他之所以积极参与动物解放团体的各项行动，是因为他看不惯那些被饲养的动物受到虐待。然而，他从未认真思考过“解放”一词的深层含义。在他看来，“动物解放”有着象征性的意义，它应该或多或少地代表着一种对动物而言更好的生活。他提议要加布里埃尔陪自己参加一次其团体组织的会议，以便他们大家能够更深入地探讨这个问题。

对当前事件提出疑问的不只这三位年轻人，劳拉也在不停地思考着与觉醒有关的问题。这对家畜而言究竟是一种进步还是额外的负担？宠物和养殖场的动物会以同样的眼光去看待它们的觉醒吗？正当糖糖在慵懒地晒太阳时，她把它叫了过来，并向它询问了猫咪们对此事的看法。她觉得它应该有渠道了解这方面的信息。

“其他猫的情况？都还挺好的，尤其是自从小区的猫咪差不多都觉醒以后。我们在附近的花园里划分出了各自的地盘。这样一来，每只猫都可以在自己的地盘上当家作主了。如果我们当中有谁想要跨入其他猫的地盘，那就得通过一种特定的叫声来通知对方，以免发生冲突。”

“可上个星期，你还不是跛着腿回来的……”

“是，那是因为我们的协议约束不了那些从其他小区过来的没觉醒的猫。它们呆呆蠢蠢的，根本无法交流。不过没关系，偶尔打一架也挺刺激的。”

“看来，你对觉醒后的生活还挺满意的咯？”

“没错，其他猫也一样。不过，我们仍然没多少话要对彼此说。虽然我们觉醒了，但这并不意味着我们就都将成为伙伴。

毕竟我们是猫咪呀！不是狗狗，也不是人类！”

“那你觉得其他觉醒的动物过得好吗？”

“就说狗狗吧，它们的情况似乎更复杂。不过这也难怪，毕竟它们跟你们人类很像，只不过更浮躁、更好动罢了。”

翻译器始终保持着中性的语气，但糖糖半眯着的眼睛却表明它的最后一句话带有讽刺意味。它很喜欢温和地取笑人类。加布里埃尔坚持认为这是个好兆头，因为这至少说明它对周围的人类产生了兴趣。总体而言，街坊邻居家的猫对它们的主人比从前更疏远了，而且它们会堂而皇之地要求人类拿出食物来换取它们的陪伴。对于那些仍把自己当成猫咪主人的人而言，这种行为自然令他们很不舒服。

突然，劳拉的手机响了——是个陌生的号码。糖糖不再说话，于是劳拉按下了接听键。

“喂？古皮小姐，我是豹惠。我想明天早上九点到您的实验室去与您见一面。就这样，再见。”杰弗森的这位女助理不等她做出回复便挂断了电话。

经过一整个夏季，疫情已变得难以控制。这期间，大量宠物猫和宠物狗都跟随它们的人类家庭外出度假了。它们出入在各个露营地、旅馆、季节性出租房、海滨度假胜地。从朗德省[①]的海滩到阿尔卑斯山的山谷，从拉芒什海峡到地中海沿岸，阻止病毒传播的地理障碍都被清除了。在从一只动物传播到另一只动物的过程中，病毒也从一座城市来到了另一座城市，从一个省迁徙到了另一个省，比通过老鼠和鸟类传播的速度要快得多。八月底，当这些家庭度完假回到家时，病毒已经蔓延到了整个法国。尽管还有个别地区未受感染，但其周围的感染点正在迅速增加。至于那些带着宠物到法国来旅行的外国游客，他们则把正在觉醒的“病毒媒介”带回了他们自己的国家。这些宠物将把这种病毒传播到整个欧洲乃至世界的许多地方。

在城市里，大多数狗狗以及所有能够外出的猫咪都觉醒了。在它们当中，尤其是在猫咪当中，仍有一些个体并不寻求与外界交流。奇怪的是，还有一些猫咪和狗狗似乎特别不容易染上这种流行病。这种现象在某些品种的狗狗（如可卡犬、格力犬、罗威纳犬）和猫咪（如波斯猫、暹罗猫）中极为常见，甚至可以说不存在例外。这与免疫力的强弱无关，因为这些纯种猫狗的抵抗力并不格外出色。实际上，是它们长期经历的人

---

① 法国西南部阿基坦大区的省份。

工选择致使它们丧失了那些能够令劳拉发明的基因组合发挥作用的基因。

与此同时，老鼠们可没有闲下来。它们从很早以前就开始乘着火车和卡车四处通行了——为了寻找食物，它们偶尔会误登上这些交通工具，进而被关在里面，直至抵达目的地为止。无论最终是死是活，它们都将病毒从一个车站带到了另一个车站，从一个港口传到了另一个港口。在货轮里，只需一趟航程的工夫，一只觉醒的老鼠就可以把其他同类都唤醒。就这样，这些跨境船舶和货车把病毒输入了世界各地。尽管每个切入口都很小，但随着病毒从一只动物传到另一只动物，从一个物种传给另一个物种，受感染的区域总会向外扩散，开始时很缓慢，随后会变得越来越快。人们可以通过搜索某些关键词（如“animales locos[①]”“singing cats”或“怪异的狗狗”）在网上实时追踪疫情的发展动态。

尽管整个食品工业都在极力掩盖猫科动物发声综合征对养殖场的牲畜造成的真实影响，但这种流行病所带来的真正后果终究还是大白于众了。为此担忧的不再只有沃夫公司——不论是在寻找感染源方面，还是在封锁养殖场相关信息方面，所

① 西班牙语，意为“疯狂的动物”。

有大型企业都在纷纷效仿这家跨国公司的做法。

由于动物们开发出了各种各样的交流手段，所以与觉醒现象有关的自述和他述已变得多如牛毛。有些动物利用腿部或耳朵的动作发明出了半声音、半图像的语言。还有一些动物则学会了用电脑键盘打字。小疙瘩的采访报道最终还是被刊登了出来，但撰稿记者一再强调自己不保证采访内容的真实性，以至于许多读者都对其可靠程度产生了怀疑。不过，这篇报道还是被转载到了网上，而且流传甚广。许多动物都听说了这篇文章，并把小疙瘩使用的“觉醒”一词融入自己的表达中。大部分报纸在引用该词时，甚至连引号都懒得加了！

另外，能对动物语言进行翻译的不再只有阿莉雅研发的翻译器了，其他发烧友也开发了类似的装置。这使公众终于明白了所谓的“发声综合征”其实是动物们在试图建立交流。这些翻译器在网上和宠物商店均有销售。不过，它们中的大多数都不具备任何语言学习功能，仿佛认定了所有狗狗都讲同一种语言似的。然而，在每座城市的每个小区里，第一批觉醒的动物会随着自己经历的变化来创造属于它们自己的语言，而接下来觉醒的动物则会采用其周围同类的语言。生活在不同城市的狗狗是无法理解彼此的，它们相互之间最多只能听懂几种通用的吠叫声，比如用来表示威胁或友好的叫声。所以说，这些性能平庸的翻译器正在起着非常消极的作用，因为它们使那些敌视觉醒的人类更加有理由相信：这一切都只是个天大的玩笑。它们不但没有改善交流，反而加剧了人类与狗狗之间的误会。

媒体报道中出现了两种抗拒觉醒的声音：一种人根本不相信这种现象的存在；另一种人虽然看到了这种现象，但拒绝接受其后果。有关觉醒的分歧甚至也出现在了一些动物保护组织内部。以尊重自然和动物联盟为例，一些成员认为这次事件给了他们更充足的理由去与那些虐待动物的养殖场做斗争，其他成员则不太愿意营救那些觉醒的动物，也许是因为他们想保护的一直都是那个他们想象中的、人类出现之前的原始自然。在这个幻想中的大自然里，根本没有那些会思考的动物的容身之地。他们将其视作一种半人类的动物，这种动物的存在本就违反了自然规律，所以不再属于他们要保护的对象了！

劳拉坐在办公桌前，陷入了沉思。自从她造访过沃夫公司以后，她一直以任务艰巨为由，迟迟没有对杰弗森的要求做出答复。但实际上，如果她真心想要去做的话，事情并不会很复杂。她之所以无法下定决心去制造他想要的逆病毒，是因为她已经不太确定自己是否还赞同他的那套说辞了。没错，动物的觉醒可能会使人类社会发生巨大变革，但这真就那么糟糕吗？她向来看不惯某些养殖场虐待动物的行为。也许动物的觉醒会给大众带来一种积极的刺激，从而改善它们的处境。即使以后不能吃肉，我们还可以用其他食物代替，比如大豆制品或昆虫……好吧，这听起来并不十分诱人，但她此刻并不在寻找一种十全十美的解决方案。这一切的发生纯属偶然，并非她有意为之。刻意唤醒动物的行为是不正当的，但阻止动物觉醒的做法同样也是不合理的。

当豹惠走进她的办公室时，她连电脑都还没有启动。在来之前，豹惠的老板杰弗森建议她带上他那两名特殊的手下一起过来："古皮小姐并不如预期的那样配合。有些人就是需要鞭策一下才肯全力以赴……她也是时候该拿出一些成果了……叫她别再磨蹭了！"

他们三人把办公室的空间占得满满当当的，而且正在以居高临下的姿态俯视仍然坐着的劳拉。她正准备站起来，谁知豹惠却示意她重新坐下，并用温和的声音说道："您可以继续坐着，古皮小姐。毕竟您还有一份紧急的工作要做。您怎么没有启动电脑呢？莫非您不需要用到它？难道所有信息都在您的大脑里？"

她一边说，一边微笑着用食指指向了自己的太阳穴。劳拉差点儿笑出来，因为豹惠的手势让她联想到了一个为开玩笑而模仿用手枪自杀的卡通人物。不过，她随后立即意识到这其实是一种威胁，一种间接却又残酷的警告。很显然，杰弗森的这位女助理虽然平时轻声细语的，但骨子里却是个狠角色。

与此同时，那两个保镖也开始装腔作势起来，过度模仿起了某部美国间谍电影里的反派。他们带着阴沉冷酷的表情抬起一摞摞卷宗，打开一个个抽屉，并翻阅起了一本本学术期刊，好像在搜寻一份机密文件似的。

“拜托你们别弄乱我的资料好吗？您刚才说得很对，我还有许多工作要做呢。”

没过多久，他们便离开了。临走前，他们让她用这周余下的时间赶紧做出一些显著的成果。尽管他们没在口头上直接威胁，但最后的气氛却压抑到了极点。

由于最近几周觉醒的数十只狗狗都想参与那些与它们直接相关的讨论，所以原本宽敞的自行车存放室如今已显得十分拥挤。

宾果王子昂首挺胸地坐了下来。它身上散发着一股强烈而又令人安心的气息，那是一位休憩中的领导者在和善地端详着自己领导的团体时所散发出来的气息。追随它的狗狗纷纷在它的周围趴了下来。

房间另一头，夜帝正在低声与自己的拥护者交谈。它们的数量渐渐多了起来，一开始只有几只瘦骨嶙峋的流浪狗（它们自觉醒以来就一直跟着它），现在又增加了好几只来自人类家庭的宠物狗。它们都把夜帝视为思想大师，而且通常在言语上表现得比这位领导者更加辛辣刻薄。

在这个两极化格局中，其他狗狗形成了一个流动、混杂而喧闹的群体。它们中有许多是最近才加入这个集体的，并且只是想来交流一下彼此对觉醒的初步印象，同时谈谈它们的未来。小疙瘩在认真倾听着它们的故事，并将每只狗的名字与其气味关联起来，以试图记住它们。雷克斯独自待在一旁，它趴在地上，把头枕在一条前腿上，嘴里喃喃低语着，不知在说些什么。

大部分狗狗来到这里的目的都很单纯，并没有什么私下的盘算或隐蔽的意图，但宾果和夜帝不同。事实上，今天的例会对它俩而言至关重要：它们正在设法招募更多的拥护者，并且各自都在试图证明自己是对方的领导者，或至少在这个集体中享有大多数成员的支持。

这种“少数服从多数”的想法是小疙瘩与夜帝聊过并经过深思熟虑后才向所有狗狗提出来的。在它的人类家庭里，它曾旁听过许多场政治辩论——克莱芒的父母偶尔会邀请一些活跃在某些党派或生态保护协会中的朋友来家里做客。然而，它的这个想法与狗狗们非常重视的等级原则产生了冲突。对它们而言，一位领导者根本不需要理会大多数成员的意见。如果有必要，它可以通过决斗来证明自己的统治力。一旦整个犬群都承认了它为领导者，那它无论做什么，都自然会获得全体成员的一致支持，根本不需要投票。

正因这种观念已经根深蒂固，所以小疙瘩起初非常犹豫是否要提出这个大胆的建议：任何提议都应通过投票来表决，并且只有在获得了多数赞成票以后才可以被全体成员采纳。小疙瘩大胆进言的做法是正确的，因为狗狗们的觉醒也赋予了它们从前不具备的能力，比如评估他人意见的能力。幸运的话，它们或许已经有能力质疑一种它们之前一直在盲目遵从的传统了。最终，这个建议获得了它们的广泛认可。鉴于它们大家并不构成一个真正的犬群——每只狗都有自己所属的群体（比如其人类家庭）——所以即使它们现在所在的这个集体遵循其他规则，也不会显得很离经叛道。

只有夜帝和它的朋友们很想把这个集体变成一个真正的犬群——它们中的大多数都没有人类家庭，所以如果组成一个犬群的话，那夜帝就可以毛遂自荐成为它们的领导者了。但随着时间的流逝，宾果正在越发频繁、越发激烈地与它对抗，似乎想与它竞争这个集体的领袖地位。夜帝根本不打算把这个位置让给它，而且也完全不怕它——尽管宾果体型高大，但优越的生活环境似乎导致了其体能的衰退。即使这个集体不能变成一个真正的犬群，也照样可以有领导者——一个由大家投票选出来的领导者。

夜帝举起一只前爪要求发言，没想到是为了宣布会议正式开始。这句简单的话语本身就是一种挑衅，因为狗狗们并未指定它为讨论的发起者。果然，宾果在其回应中暗示了这一点：“大家还没到齐呢。我没有闻到普皮和弗朗索瓦的气味。再等等吧。”

夜帝假装毫不在意，吠了一声，以示同意。几分钟后，普皮终于到了，夜帝再次说道：“我们今天有许多事要讨论，所以不能再等了，现在是时候开始了。小疙瘩，待会儿可以拜托你向那些迟到者复述一下会议讨论过的内容吗？”

小疙瘩点了点头，于是夜帝继续说道：“三个月前，你们大家决意要向人类家庭揭示你们的觉醒，我还好心提醒过你们不要这么做。如今，你们的这番努力换来了什么结果？结果简直惨不忍睹，不过这也是意料之中的事。现在你们总算亲眼见证过了！阿拉贡、波派、方西、格洛丽亚立即就被赶出了家门，好像它们做了什么背叛人类的事一样。甘草、史酷比、小袜子、莱西以及其他一些狗狗的人类家庭则一直在装糊涂……要不然就是真的什么也没看出来。”

听完这番话，雷克斯站了起来。它看上去十分沮丧，但由于它耷拉的长耳朵和下垂的眼睛总会给人这种印象，所以我们很难通过神色来判断它的真实心情。不过，它散发出的气味确实表明了一种深深的失落感。尽管雷克斯属于第一批觉醒的狗狗，但它却很少发言，因为会议上的喧嚣氛围令它有些恐惧。不仅如此，其他狗狗还总以怀疑的眼光看待它，因为它一直以来都觉得自己是人类，不是身为领导者的一类人，而是地位最低的一类人，但总之是人类。在觉醒之前，它已经隐约感觉到了自己与人类的强烈相似性,只是那时它还无法用语言来表达。不幸的是，现在一切对它而言都变得更加复杂了。它恰好经历了夜帝刚才描述的情况，所以想站出来作证。

“我试过跟他们讲述我的觉醒经历，但他们至今还没从震惊中缓过来，并且仍然不接受我会说话的事实。实际上，他们根本不想听我说话，也不愿意回应我。他们告诉我，如果一定要跟我交谈，那他们宁愿我离开这个家。”它叹了口气，然后补充说道，“还是从前的日子好啊……”

小疙瘩从很早以前就感受到了雷克斯的惶恐不安。在夜帝还没有对这位可怜的同伴进行冷嘲热讽之前，它决定抢先做出回应：“不，雷克斯，你不能这么说！你的人类家庭对你的态度是令人发指的。他们既然领养了你，那就应该继续照顾你。我们中的一些狗狗在觉醒之前过着艰辛的生活。而现在，它们至少可以尝试改变一些事情了。换作从前，它们连这样的想法都不会有。所以这对我们大家而言都是真正的进步。”

雷克斯重新趴了下来。面对所有的狗狗，它不知该如何回答。不过它很清楚，现场感到沮丧的并不止它一个。

夜帝接着自己刚才的思路继续说道：“所有那些刚加入我们并且还未与其人类家庭展开交流的狗狗，很可能也将迎来同样的结果，换句话说，其实就是毫无结果。唯一被接受的只有宾果和小疙瘩。话说回来，宾果或许并未向他们坦白所有的事实。谁知道它究竟对他们说了些什么呢？”

“够了！”宾果反击道。在此之前，它似乎根本没在听夜帝讲话。但此刻，它终于按捺不住了，于是举起了爪子：“我不能容忍夜帝质疑我在这里跟你们说过的话。”

突然，宾果的一帮支持者站了起来，毛发倒竖，不过嘴巴却是合拢的，没有发出任何叫声——只有在收到宾果发出的明确信号之后，它们才会真正表现出攻击性。然而，宾果暂时还不想与夜帝发生正面冲突："别激动，我的朋友们！夜帝，我知道你虽然嘴上这么说，但心里未必这么想，况且你说的也不全错。这些人类确实不太了解正在发生的事，即使了解了，也不总能接受。你们有没有想过，我们遭遇的这些困难或许都是有原因的？我在不久前想到了这个原因，那就是：人类与我们不同，他们并未被唤醒。也许正因为他们没有经历过这一步，所以才无法接受觉醒的我们。"

"那么宾果，你有什么好主意呢？"一只狗吠道。

"我提醒你一下，我的名字叫王子……关于你的问题，我觉得我们可以对此进行补救。我甚至觉得我们有责任这么做：我们必须改变他们，唤醒他们！事实上，我们已经在这么做了，我们正在舔醒那些尚未觉醒的同类。但问题是，人类不会像我们一样去舔彼此，他们最多只会在自己的小家庭里互相亲热。在外面，他们很少这样做。所以他们互相之间传播觉醒的速度很可能会非常慢。为了解决这个问题，我认为我们必须采取一种更有效、更立竿见影的方式……"

"请你说得明白一点儿，我不确定是否真的听懂了你的意思！"小疙瘩吠道。

“这个嘛，除了咬伤他们，我想不出别的办法！我们必须让他们流血，当然，这么做完全不是出于暴力，单纯是因为我们对他们充满了同情和悲悯。”

这番话令在场的所有狗狗都不寒而栗：攻击它们的主人，而且还要让他们流血……这种事，它们连想都不敢想！没错，每只狗都曾向自己的主人咆哮过，或者对小主人龇牙咧嘴过，但它们也几乎毫无例外地立即受到了惩罚：或是被咒骂，或是被扇巴掌，或是被踢一脚……随之而来的往往还有一种令它们难以忍受的羞耻感和罪恶感。在极度兴奋的状态下，比如当它们在玩过于野蛮的游戏时，或被没收已经到嘴边的食物时，它们偶尔会失口咬伤主人，但它们还从未在冷静、理智、不被激怒的情况下主动咬过主人。

夜帝那边表现得若无其事。它和它的支持者们自认为不受任何等级的约束，甚至无须对人类遵守任何道德义务。宾果的这番话并不令它们感到震惊，但它们也不屑于这么做。夜帝以其一贯的思维方式总结了一下自己的想法：“我们根本没必要去管那些人类，我们大家都是自由之犬。假如他们打了我们，威胁了我们，或哪怕只是骚扰了我们，我们都应该咬伤他们，但那是为了惩罚他们，让他们搞清自己的身份，而不是为了唤醒他们。再说了，我完全不相信他们可以通过这种方式觉醒。”

听完这番话，狗群中响起了第二波谴责声。宾果已经疯了，而夜帝比它还糟！小疙瘩失落不已：它的朋友怎么能说出如此骇人听闻的言论呢？它本以为自己已经说服它们改变了一些观点，但此刻它感觉自己大错特错了。

老鼠们的日常生活已变成了一场艰苦卓绝的赛跑。鼠群很可能已有超过一千名成员了，这种规模是前所未有的，而且其增长速度还在随着出生速度的提高继续加快。成员数量的激增使它们有了足够的兵力去消灭那些在其周围抢夺领地的鼠群。然而，它们并不总能阻止敌人觉醒——在那些被它们袭击的动物中，有一部分尽管受了重伤，但最后却成功脱逃了。正因为这些伤口，它们在回去以后觉醒了，并把病毒传染给了自己的后代。老鼠们已经意识到这个问题可能会在将来变得一发不可收拾，但却不知道该如何避免。

鼠群的需求正在急剧增加。它们在不断挖掘越来越多的洞，而且会在条件允许的地方挖出两到三层。它们已经可以通过巢穴抵达附近一些商铺的地窖了。由此可见，巢穴的扩张给这个大集体带来了一个很大的优势：即使不到街上去，它们也可以采集到一部分食物。不过，这却给那些继续在仓库和垃圾桶里搜寻食物的成员带来了不便：由于巢穴规模太庞大，成员太分散，它们难以协调展开夜间的觅食行动，所以偶尔会在撞见彼此时把对方当成敌人，直到互相闻到对方身上的气味时才知道它们来自同一鼠群。不幸的是，觉醒导致它们丧失了一部分嗅觉，因此两只老鼠有时要到发生冲突甚至咬伤对方时，才能获得嗅觉未能传达给它们的信息。

鼠群的发展策略是由一群身为领导者的老鼠制定的。它们已经开始寻找交流沟通的新途径了，以求在一定程度上弥补嗅觉的退化。它们构思出了一种语言，该语言包含了一组组或长或短的叫声。根据长短声排列顺序的不同，每组叫声都被赋予了特定的含义。从原理上讲，这种语言类似于莫尔斯电码[①]，但其编码方式却是老鼠独创的，与人类的完全不同。鼠群领导者发出的日常指令由专门的老鼠负责传送——它们分布在绵延数千米的洞道里，接力传递消息。下水道工人有时会听到这一串串“声脉冲信号”，只是他们还未领会其中暗藏的玄机。

这些驻守在原地发声的老鼠对鼠群非常有用，但它们对

① 莫尔斯电码，又称“摩斯密码”，是一种时断时续的信号代码，通过不同的排列顺序来表示不同的英文字母、数字和标点符号。

鼠群而言也是一种负担，因为它们每天都在消耗食物，但却不直接参与觅食工作。幸好鼠群的每位成员都深知其中的利害关系，所以都毫不犹豫地接受了这样的分工。而且它们中没有任何一只曾想过要与领导团体对抗。尽管大大小小的决策都是由一个小型委员会制定的，但该委员会代表了整个鼠群，其举措被视为来自全体成员的共同心声。该鼠群的团结协作能力正在通过短距离传播的气味信息和沿洞道传递的声音信息不断得到加强。

糖糖和蒙田为唤醒雌象所做的尝试取得了圆满成功，但它们还是等待了数周才看到效果。从这位“女族长”的一些行为细节来看，它已经慢慢地觉醒了。它摇晃着脑袋，把象鼻伸向各个方向，似乎是为了更好地捕捉各种气味。与先前不同的是，这种行为的频率和强度都变高了，这表明它有意愿想要更细致地评估周围的环境。

在这场深入而密集的嗅觉探索中，它似乎有好几次都留意到了糖糖和蒙田的存在。一天，蒙田鼓起勇气降落到了这只雌象面前的地面上——糖糖告诉它，如果遇险，蒙田比它更容易逃脱。此时，这只猫咪正待在十米开外的地方，聚精会神地关注着眼前的这一幕。雌象把鼻尖伸到了距鹦鹉只有几厘米的地方，一边嗅着它的气味，一边使鼻尖绕着它转了一圈，仿佛在测量它的尺寸似的。当雌象收回长鼻时，蒙田用人类的语言对它说道："亲爱的女士，您觉醒了吗？"

雌象一口气发出了一连串有节奏的叫声。紧接着，它又试图发出其他声音，但这些声音的频率过低，以至于难以被听到。它仍不满意，于是把象鼻盘绕了起来，只露出鼻尖，并在垂直方向上将其晃动了一下。蒙田继续说道："您想说是，对吗？"

雌象又以同样的方式晃动了一下鼻尖。

"好的，我想我明白您的意思了。那我们继续这样沟通：您用动作，而我用语言。"

雌象第三次用象鼻做出了类似点头的动作。

"请容我自我介绍一下：我是鹦鹉蒙田。围场外面的那位是猫咪糖糖，您看见它了吗？"

在接下来的日子里，雌象与这只灰鹦鹉一同创造出了象语的第一批词汇——一开始少不了蒙田的指导，但很快它们就有了默契，造词效率也因此提高了。糖糖坚持不懈地旁听着象语课，它对这种庞大的生物依旧充满了敬畏。

半个月后，雌象已经能够表达自己的很大一部分想法了。它向蒙田询问了觉醒现象的由来。对于蒙田和糖糖唤醒它的做法，它并不感到十分惊讶，并表示希望它们能用同样的办法替它唤醒象群的另外六名成员。

阿莉雅有点儿诧异：蒙田竟对苹果有着如此旺盛的食欲。每当她看到它带着苹果飞出窗外，而且身后还跟着糖糖时，她都很想知道它们究竟在筹谋什么。不久，等其他大象也渐渐觉醒时，它们终于把这个秘密透露给了三位年轻人。月末，象群决定向动物园园长索要一台巨型电视机。于是，阿莉雅、加布里埃尔和克莱芒为它们提供了制作横幅标语所需的布条、画笔和油漆。没过多久，它们的愿望便得到了满足。

跟几个月前的蒙田一样，大象们也开始探知外部世界的情况了。

乌鸦查理自出生起就觉醒了。对此，它一直引以为豪。它曾想过要为那些生而觉醒的乌鸦冠以殊荣，但随后意识到：不久，绝大多数乌鸦都将在出生时处于觉醒状态。因此，它不能仅凭这一标准来组建自己的精英团队了。它认为很有必要把乌类分成身份地位不同的若干类别，因为如果它想统治一片领土，那就得有一些鸟为它供应食物，另一些鸟在它的领导下为它战斗。要实现这样的分工，最简单的方法就是组建一支精英团队，然后由它们将它的命令传达给其他鸟。为此，它必须找到一个简单的方法来把这批精英与广大群众区分开来。

尽管小嘴乌鸦——查理自己就是一只小嘴乌鸦——之间可以通过彼此的喙或羽毛的一些细节毫无障碍地认出彼此，但它们看起来还是非常相似的。因此，查理很难将它们分为不同的类别。况且，它觉得这样做会分裂、削弱自己的物种，所以怎么想都不是明智之举。最终，它决定维护其族群的团结，到其他物种中去寻找奴隶。

有一天，查理才飞出市区没多远，就遇到了一群秃鼻乌鸦。这种乌鸦完全符合它的期待。尽管它们乍看之下有点儿像小嘴乌鸦，但其身体的某些部位却与小嘴乌鸦有着明显的不同：它们的脸上有一块皮肤裸露的区域，颜色灰白，从喙基部延伸至眼部，而且其腿部的垂羽十分松散，呈丝缕状。

在查理看来，秃鼻乌鸦是一种相当丑陋的鸟。因此，它们正是它要找的奴役对象。只需指出它们在外貌上的缺点，它就可以使其成为被大家排斥的对象。到时候，它便可以顺理成章地把它们说成是一种注定要臣服于小嘴乌鸦的鸟类。等秃鼻乌鸦被奴役以后，它们将负责为小嘴乌鸦提供食物。假如它们敢不服从，那把它们除掉也不是什么难事，毕竟它们还没有觉醒。在查理的计划里，还有其他一些鸟类（寒鸦、乌鸫和椋鸟）需要为它工作。它并不打算对它们使用任何暴力手段，当然，除非它们做出反抗。这些鸟将组成几支必要的空军部队。

查理很清楚这一切都是它编造出来的谎言，很清楚秃鼻乌鸦、寒鸦以及其他鸟类根本不是什么“劣等鸟”，很清楚小嘴乌鸦并不是生来就注定要征服它们的。但随着时间的流逝，连它自己都忘了这一切只是它的幻想。在众鸟面前发表过数次讲话后，它就跟自己当初必须说服的那批鸟一样，对这些谎言信以为真了。

雷克斯坐在花园里，它面前的小疙瘩正等着它说明此次来访的原因。它知道自己很难有勇气在所有狗狗面前表达自己的立场，所以决定跑来找小疙瘩——它觉得小疙瘩比其他狗狗更和善。

“小疙瘩，我来是想告诉你，我将退出狗狗大会，并且不会再回来了。这甚至是我最后一次说狗语。我要回到我的主人家去了。”

“绝对不行！你不该草率地做出如此极端的决定。你得回来跟我们大家商量了再说。”

“你阻止不了我了，我已经跟我的主人们签订了合同。”

“你是说你的领导者们……”

“你怎么叫他们都行。反正根据合同，只要我表现得跟正常的狗狗一样，他们就同意继续收留我。我保证今后不再说话，不再表现出比一只未觉醒的狗狗更强的理解力。作为交换，他们会照顾我直至我离开这个世界。他们会爱我，保护我。”

小疙瘩不敢相信自己的耳朵。它没想到竟然有狗愿意放弃自己的觉醒——与其他狗或与人类交谈是一件如此美妙的事。自从觉醒以来，它只体会到了这种新状态带来的种种好处。正当它准备回复雷克斯时，它看到栅栏外有个身影闪过——是一只狗。它灵活地穿过栅栏间的缝隙，进入了花园。原来是夜帝，它最近经常来找小疙瘩，说是为了聊天，但其实小疙瘩并没有傻到看不出它的心意。不过，它的第一句话却是冲着雷克斯说的。它难掩心中的怒意，因为它听到了雷克斯的最后几句话：

“你竟选择当一只狗奴才！”

“我不是奴才，而是人类的伴侣。你不是到处宣称自己是自由之犬，说所有狗都应该选择自己想要的生活吗？那我告诉你，我的选择是留在自然常理赋予我的位置，待在我的脾气本性想让我待的地方。”

夜帝竟一时找不到话来回击。不过，它仍试图劝说雷克斯：“这不是一个真正的选择，这只是对现有秩序的服从。你的选择，说白了，就是不自己思考、完全听任你的主人支配。”

“思考可不是一件容易的事……”雷克斯叹息道。

这时，小疙瘩终于开口了：“思考确实不易，可这正是思考的魅力。没有不可能的，只有你想不到的。我们正在为狗狗们创造一个新世界。这应该是件令我们大家感到兴奋鼓舞的事！”

“我表个态吧，我对这个新世界不感兴趣。我希望一切都保持原样。我不想对未来充满恐惧，所以最简单的办法是让我的主人们去替我思考，就像从前一样。”

夜帝咆哮了起来，盯着雷克斯的眼睛说道：“你这个叛徒，你最好别对人类说一些不该说的，否则……”

“看来你没有听明白我的意思。我不会再对人类说话了，也不会再对狗狗们说话了。你不用威胁我，做出这种决定的并不止我一个。我知道其他一些狗狗的想法也跟我一样。下次开例会的时候，恐怕会有不少缺席者。”雷克斯站了起来，“永别了，小疙瘩。你自己要当心，夜帝对我们大家而言都非常危险。它的想法很可能会导致我们走向失败，并摧毁我们与人类在很久以前缔结的联盟。夜帝，但愿你有一天能意识到自己错得有多离谱……”雷克斯走向金属门，转动门把手，然后走出去，沿街道离开了。

夜帝对小疙瘩说道：“你别把这只狗说的话都当真。”

“当然不会，我很清楚自己想要什么，我想要的绝不是回到过去。”

“可你仍然没有真正地做出选择。你还戴着这该死的翻译器。我们不需要与人类交谈。我们完全可以自己想办法解决任何问题，并过我们想要的生活。”

“你错了，我们仍然需要他们，而且无论如何，这个世界应该是我们大家的，它属于人类、狗狗以及其他动物。我们必须找到一种和平共处的方式。我敢肯定你是能明白这些的。像我一样，你希望动物们能够自由自在地生活，我是知道的。”

“你说得没错。行，我得走了。那咱们回头在例会上见？”

小疙瘩点点头，它目送着夜帝的背影在街道上远去——它一直没有回头。

第六章　九　月

劳拉把实验记录本忘在了自己的办公室里，于是上楼去取。在走廊里，她无意中听到她的老板在与某人通话："是的，她在。"

她停下脚步，以为格兰贝尔会把电话转接给她，但片刻后，他又继续说道："不会的，她正在实验动物饲养室里，所以听不到我说话。"

…………

"好的，我会叫她完成一项浓度的检验分析。这应该能使她在实验室里留到至少晚上八点。我会把门留着的，以便他们可以进来。"

…………

"不，杰弗森先生，这些我都不想知道。"

…………

"好的，杰弗森先生，再见。"

劳拉等了一会儿，然后听到饲养室里的电话响了，于是蹑手蹑脚地快速走下楼梯，并接听了电话。

"劳拉，得麻烦您测量一下 B 组大鼠和对照组大鼠的血红蛋白水平。我今天没能抽出时间去做，但这些数值又必须赶紧测出来。您可以负责处理一下吗？我知道这会迫使您加班到比较晚。这样吧，如果有必要，您明天上午可以休息半天。”

老板的异常慷慨进一步证实了劳拉的猜测：那通电话有猫腻。她支支吾吾地表示同意，然后挂断了电话。很明显，杰弗森要来找她了，不对，来找她的更可能是他的两个打手，加里·索朗和那个叫哈根什么的，而且他们这次恐怕不会像上一次那样“友好”。他们究竟想从她这里得到什么？她完全没有头绪……慢着，其实她已经猜到了……

这几天以来，劳拉的思想有了新的转变。她感到自己内心其实并不想拯救沃夫公司。尽管她对自己在碧欧基泰克的这份工作很有热情，但她实在不太愿意帮助这家爆出过诸多负面新闻的跨国食品公司——他们旗下的工业化养殖场无一不是“污染大户”。至于法国社会，它的人民已经经历过各种大风大浪，所以这次也会像从前一样渡过难关。动物觉醒毕竟是一种不可思议的神奇现象，因此完全可以抵偿少数不可避免的损失！虽然她内心还没有完全承认，但她其实很想看到事件的后续发展，如同生物学家在使一窝蚂蚁受到意想不到的制约（如其他蚁群的出现或食物种类的变化等）后，急于观察它们会如何应对一样。

第六章　九　月

她不再纠结是否该构思和制造保罗·杰弗森想要的逆病毒了，而在苦恼该如何向他解释自己办不到了……她不知道该用什么样的理由。虽然杰弗森看上去对遗传学知之甚少，但他的女助理却似乎对其原理十分精通。而且，那个女助理还曾明确地威胁过她：如果她不乖乖配合的话，公司将以严重过失为由解雇她，让她很难再找到下一份工作……不过，杰弗森和他的同伙们恐怕不会舍得放掉她。他们说不定会采取更粗暴的办法来强迫她交出病毒……

劳拉一边思考，一边快速收拾起了东西。在不知不觉中，她已经做出了决定。她拿起她的实验记录本，那是一本红色的笔记本，里面记录着她做过的几乎所有实验及其结果。格兰贝尔已经离开了。她匆匆走出实验室，并故意让灯继续亮着，以便让杰弗森的手下以为她还在里面，进而达到拖延时间的目的。

她步行到街角，然后拐入了另一条街，就在这时，她远远看到一辆大型黑色越野车朝她驶来。这种车一看就是反派的标志。这帮家伙真没新意，她心想。她朝身侧跨出一步，闪身躲进了一个门洞的阴影里。那辆黑车缓缓地从她面前开过，车里的两个男人直直地看向前方，丝毫没有注意到他们身后那个渐渐变小的瘦长身影。

第七章　十　月

《自然周刊》

一场后果难以估量的动荡变化

自然领域的从业人员越发地感到焦虑。不少兽医已经在本刊中描述过了他们在日常工作中面对所谓“觉醒”的宠物时所遇到的问题。如今，一些生态学实验室的科学家们也公开表达了他们的担忧：因一些物种的智力有了明显提高，各个生态系统或将经历一场动荡变化。某些高智商的食肉动物可能会快速耗尽其猎物资源。相反，某些更精明的食草动物则可能会令其掠食者难以捕捉到它们。研究人员称，我们目前无法预测这些事件的后果。最令人忧虑的问题之一是这些物种与我们人类之间的关系将会如何演变。

劳拉在犹豫是否该回家。由于担心沃夫公司的那两个打手会找上她弟弟，她给他打了通电话，告诉了他这两个家伙突然来实验室找她的事。她本打算在酒店里住上几天，顺便想出一个应对杰弗森的办法，但加布里埃尔却建议她到克莱芒家与他会合。鉴于克莱芒的父母这段时间不在家，克莱芒可以腾出地方让他们暂时住下。正常情况下，沃夫公司是无法查到他家的地址的。在听到姐姐的头几句话时，加布里埃尔立刻抛掉了自己一贯的玩世不恭的态度和不正经语气，这让劳拉放心了一点儿——在必要的时候，他还知道要展现出一种负责任的态度。尽管她很爱她的弟弟，但她之前对此表示怀疑。

当她赶到克莱芒家的时候，两个男孩已经在那里了，此外还有阿莉雅、糖糖、蒙田和小疙瘩。看到这个小团体她感到很暖心，但她也在想：这几个刚刚成年的孩子和这三个“小毛球”能怎么帮到我呢？在跟他们简要叙述完当天发生的事之后，她跟他们分享了自己临时产生的一个想法：“我们目前还不知道杰弗森究竟有什么意图，所以也可能是我在瞎担心。但如果他那两个手下到我们住的小屋去的话，那就说明他们想要的不仅是我加快工作进度这么简单。”

“我们得设法监控屋子的状况。糖糖和蒙田可以偷偷过去替我们查看情况。”加布里埃尔说道。

“还是在小屋里安装一个摄像头吧，要是他们闯进去的话，我们可以看看他们在屋里做了些什么。这样糖糖和蒙田也可以轻松一点儿。当然，它们的现场勘察也将对我们非常有用。”阿莉雅说道，为了不惹那两个小家伙生气，她特意补充了最后一句话。

“我们可以用我玩游戏时使用的摄像头，把它安装在室内楼梯的台阶上就行了，这样可以同时监控到玄关和客厅，而且我们可以将它隐藏在楼梯栏杆的后面。”加布里埃尔建议道。

“另外，还必须更改一下摄像头的设置，使它能把监控视频直接发送到劳拉的手机上。阿莉雅，你可以帮忙调试一下吗？”克莱芒问道。

“当然可以。不仅如此，我还会把它连接到一个移动探测器上，这样劳拉就不用一直盯着屏幕了。这样的探测器，我家有好几个，因为制造机器人时用得着。我会回家取一个，然后到公园附近的林荫道拐角与你们会合。”

三个年轻人对策划这次行动感到十分兴奋，因为这在他们看来就仿佛是游戏或电视剧里的情节。劳拉感到的却是担忧。

糖糖和蒙田直接赶赴小屋。克莱芒在距屋子一百米远的地方等着阿莉雅。蒙田在小区上空展开了侦察飞行。尽管时间已经不早了，但夜风却不是很凉。街道上几乎空无一人，也看不到黑色越野车。等阿莉雅赶到后，两个年轻人悄悄地潜入了花园。一进到屋内，他们便忙碌了起来。三十分钟后，一切布置完毕。临走前，他们在屋外的蔷薇花丛后面为糖糖和蒙田撒了一些猫粮和瓜子。

午夜时分，他们回到了克莱芒家。七个小伙伴（四个人和三只动物）又继续讨论了几个小时，但却没有实质性的进展，因为他们还不了解杰弗森的真实意图。那一夜，并未有人企图进入小屋。

受母亲的影响，查理对周围鸟类的性别表现得相当无所谓，这一点从它为自己组建的护卫队就可以看出来——这支护卫队里的雄鸟和雌鸟数量相当，它们中的每一只都经过了层层筛选，因为飞行技巧过硬才被留了下来。

乌鸦们有时会碰到一些无人机。尽管这些飞行器并没有主动招惹它们，但查理却决定为年轻的乌鸦们设立一项启蒙仪式——假如它们想加入它的贴身保护部队，那就必须击落一架无人机。这并不是很难，只要当心自己的羽毛别被螺旋桨割断就行了！查理本来还担心会有太多的志愿者，但这个问题却自行得到了解决。第一批立下这一战功的都是最勇敢或最鲁莽的乌鸦。它们全都通过了考验，只有两只乌鸦除外：它们争相攻击同一架无人机，结果因失去太多羽毛而与飞行器一同坠落到了地面。经过几个星期的空战后，天上已经看不到任何无人机了。那些亲眼看到自己的无人机被摧毁的人类正在想办法摆脱这些乌鸦，在此之前，他们已经停止使用这类飞行器了。

在组建了自己的私人护卫队以后，查理进入了下一步计划——组建一支真正的军队。如果它想被认可为军事首领，就必须拥有雄厚的兵力。要知道，小嘴乌鸦的个头并不是很大，尽管其翼展可以达到一米，但体重却不足五百克。为扩充兵力，查理一开始选中的是鸽子，它们有若干优点：第一，它们数量众多，在公园附近就有许多；第二，它们的体型小于小嘴乌鸦，所以每个个体的危险性很低，很容易被制服；第三，即使觉醒了，它们也不是很聪明，因此查理可以轻易给它们下达命令。不过，它们太过我行我素，而且情绪起伏不定，这对士兵而言是两个重大缺陷。有鉴于此，查理决定把它们保留为后备力量，并选择另一种鸟——椋鸟作为军队的主体。

这些鸟有着与生俱来的纪律性。它们能够以数千只鸟的规模在空中组队飞行，形成一团团名副其实的“移动云”。如果整支队伍决定改变飞行方向或降落到地面，所有队员都会整齐划一地去执行这一决定，宛如一个有机的整体。现在的问题是，查理必须使这些椋鸟按照它的计划来施展它们的飞行技巧，而不是听凭它们自己的决定——说到这个，其实没有人知道它们中究竟谁是领导者。它们中的一些已经觉醒了，于是查理派了几名中尉去负责培训它们。

宾果已经启动了唤醒人类的行动计划，它的支持者称之为觉醒计划，但夜帝的朋友们却将之戏称为疯狗任务。在实践操作中，这些支持者故意等到了夜幕降临之后才出动，它们会偷偷溜到路人身后，然后啃咬他们的小腿肚。个头较小的狗狗专门攻击女人，因为她们穿着的丝袜很容易被它们的细小犬齿刺穿。个头较大的狗狗则不挑身材和性别，逢人便咬。

很显然，这项行动持续不了多久。那些曾经指出犬类觉醒将带来种种危险的人们更有理由感到恐惧了。为此，市政当局紧急征调流浪猫绝育工作组的人员，临时组成了一个流浪狗抓捕队——这一切并不复杂，他们只是把平时的抓捕工具（网兜、笼子）换成了尺寸更大的。不过几天的工夫，问题就解决了——至少对人类而言是如此。对狗狗们来说，形势则变得更加复杂了。现在为了出门，它们不得不格外小心谨慎，而且得避免在白天结伴出行，因为抓捕队尤其容易盯上那些成群结队的狗狗。

怂恿狗狗咬人的宾果最近特别低调。在上次的例会上，它明明感到这将是个造福人类的绝妙点子。然而接下来的事件发展令它对自己产生了怀疑。

至于雷克斯，它没有回到自己的主人家。其实，它并没有签订任何合同，而且也并不打算停止说狗语。它故意对小疙瘩和夜帝撒了谎……不过，它所描述的感受却是真的：被它的主人下逐客令以后，它确实感到万分沮丧，只不过事件的后续发展并不像它所说的那样。它的两位主人亨利・森格拉尔和阿代勒・森格拉尔都是尊重自然和动物联盟的成员。他们在同一所高中教授哲学，而他们最喜欢讨论的话题之一就是人性。他们常常会激烈地驳斥环保主义者的言论，认为这些人过分低估了人畜之间的区别。在学生们面前，他们总是反复强调那些使人类区别于其他动物的因素，却拒绝考量任何消解这种区别的因素。他们几乎就要否认“人类起源于动物”这个生物学界公认的观点了，也许是因为害怕人类的道德观会退化到一只猿猴的程度，要知道，这在他们看来无异于道德的沦丧！这种恐惧便是导致他们抛弃雷克斯的原因之一。

雷克斯有了一个主意。在主人家的时候，它曾听说过尊重自然和动物联盟及其目标：使动物们回归其原始状态。因此，它主动提出要为实现这个目标效力。如果它能有效地帮到主人们的话，那他们不仅会感激它，还会重新信任它。就这样，两个反觉醒的人和一只自以为是人的狗狗之间建立起了一种逆情悖理的联盟。

老鼠的世界因其生活方式而受到了限制：它们终日待在黑暗的地下隧道中，只有到了夜晚才外出。即使是在白天时到了户外，它们也只能通过糟糕的视力看到一个片面的世界，这使它们对其形成了一种极为失真的印象。幸运的是，这些个体认知的缺陷通过集体交流的方式得到了补偿。它们有如此多的工作要做，以至于它们的睡眠时间很短。但在入睡之前，每个卧室的老鼠都会头靠着头，相互依偎着，呈辐射状分布——当一个房间里的老鼠数量太多时，它们就会采取这样的睡姿——并发出一阵阵尖锐的叫声，以交流当天的经历。

这样的日常交流使鼠群变得更加团结了，尤其因为它们都没有固定的卧室——每到黎明时分，所有老鼠都会就近选择寝室，所以它们每天都会与不同的老鼠进行交流。虽然集体生活增强了鼠群的凝聚力，但这并不意味着所有老鼠都是一样的。事实上，它们已经学会了去考量每只老鼠的才能，以优化觅食队伍的配置。

最具攻击性的老鼠排在队伍的前方和侧面，以保护那些最灵活能干的老鼠——它们负责在每个特意为觅食行动而制的小袋子中装满食物。与此同时，那些最强壮的老鼠则留守在巢穴里继续开凿隧道，孜孜不倦地延长其长度。它们又分为负责挖土的掘地鼠、负责加固洞壁的建造鼠，以及负责清运泥土的运载鼠。雌鼠的主要任务是生产和哺育鼠崽，它们每两个月就会生产一次，每窝能产十来只鼠崽。这些鼠崽中有一多半是雌性，三个月后，它们自己便也有了繁殖能力。在此之前，还得有足够的食物来养活它们中的每一只。

鼠群根据可出入的场所列出了一份详细的清单：杂货店的储藏室、餐厅的冷库、面包店的烘焙室、学校食堂、宠物商店的地下室……自采取新的组织方式以来，它们每天夜里都可以盗取大量食物，也为过冬积累了一定的储备。不过它们也发现，每次它们在某处集中窃取较大分量的食物后，人类就会对该处加强防护，以至它们下次无法再进入。于是，它们调整了计划，开始分散到多地行窃，在每个地点只窃取较少的分量，以使被盗者难以察觉。此外，它们还学会了如何不留下作案痕迹：它们不会像从前那样咬破袋子了，而是会解开系着袋口的绳子，然后取一小部分装到自己的袋子中。在整个操作过程中，它们还会试图克制便意，以免留下老鼠屎。

这些做法都是自鼠群觉醒以后才渐渐出现的，因此算得上是真正的创新。而且，并没有哪只老鼠刻意推行这些做法，它们都是不约而同地开始这么做的。

时间已经过去一个多星期了，什么动静也没有，至少从表面上来看是如此。加布里埃尔在想，沃夫公司应该已经放弃了逆病毒计划，并且对劳拉的研究也不再感兴趣了。现在，他想要回到自己的房间，继续打他的游戏，做他的白日梦，所以坚持要求劳拉跟他一起回家。阿莉雅已在录取她的大学开始了大学课程学习，她白天在学校上课，晚上则会跑去看他们。蒙田和糖糖已变得形影不离，它们又返回小屋去查看情况了，因为如这只灰鹦鹉所说：虽然屋内的摄像头什么都没拍到，但这不代表屋外什么都没发生。

那天晚上，公寓里的气氛十分紧张。大家都因漫长的等待而感到有些不耐烦了。正是在这样的氛围下，小疙瘩忍不住问出了一个问题，用它自己的话说，这个问题“已经在它的头脑里转悠了很久了”。它认为继续思考那些坏蛋和病毒的事情并没有意义，当务之急是加快狗权问题的探讨。加布里埃尔感到十分震惊：“狗权？（他着重强调了“权”这个字）你在说什么呢？你想要什么权？工作权、付房租权，还是买狗粮权？”

“我想要……比如投票权。这将是个不错的开端！”小疙瘩回应道。阿莉雅最近又改良了翻译器，如今装置输出的语音已经有抑扬顿挫的效果了。小疙瘩的最后一句话明显带有讽刺的语气。

“这不可能，投票权是人类才能享有的。我知道你觉醒了，但这什么都证明不了……”

“你想要我证明什么？证明我知道自己在说什么吗？难道你们人类就总知道自己在说什么吗？”

蒙田接替小疙瘩继续说道：“如果我的理解无误的话，小疙瘩想说的是人类从来都不需要证明什么。尽管不是所有国家都承认这一点，但在这里，只要你是人类，你就会被自动赋予与其他所有人相同的权利，至少从某个年龄起是这样的。将这项权利的受益者拓展到动物，或至少是那些已觉醒的动物也是非常公平合理的，尽管这需要经历一场思想上的革命。”

“没有任何地方开过这种先例！这是不可想象的！”

“只要是习俗传统之外的事物，人们就会觉得它超出了理性的范围。其实这种想法本身才是最不理智的！”蒙田反驳道。

“别的不说，你得先检验每只动物是否真的觉醒了吧？光要完成这道工序，估计就得等到猴年马月！再说了，据我所知，每只狗的觉醒程度都不尽相同。在这种情况下，该如何对所有狗进行分类呢？而且还有猫呢，难道我们也要赋予它们投票权吗？恐怕它们根本不在乎这个吧，难道不是吗？”加布里埃尔反问道。

糖糖一向很少参与讨论，但此刻它突然感到此事与它有关：“不……不完全是这样……我挺想要投票权……至少体验一次吧，摸摸情况再说……”它眯起了眼睛，仿佛在微笑。

加布里埃尔把目光投向了阿莉雅和克莱芒：“你们瞧见没，它们根本就是在闹着玩。我不反对善待动物，但我们不能像对待人类一样对待它们。我们可以给它们一种介于两者之间的身份，让它们被当作类似人类的小孩来看待。它们可以拥有比普通动物更好的待遇，但这得由人类来决定。”

阿莉雅有点儿替动物们打抱不平：“加布里埃尔，你这是怎么了？你不该对蒙田和小疙瘩说出这样的话，对糖糖也不行！没错，那样做确实存在一些问题。比如，我也不确定我们是否真的能跟哪怕是觉醒程度很高的麻雀或老鼠交谈，但这并不妨碍我们为其他动物争取权利，比如狗狗、猫咪……”

“别忘了大象。”糖糖补充道。

“还有鹦鹉。”阿莉雅总结道。

“拜托你们大家静一静。”劳拉打断了他们。看到大家都因这突如其来的一句话露出了惊讶的表情，她赶忙解释道：“抱歉，因为我这边有动静了。”

她的手机振动了一下。她立刻打开摄像头的转播画面：在昏暗的环境下，有个人影进入了客厅。克莱芒通过数据线把手机画面投屏到了电视机上，以便大家都能看到这一幕。很快，第二个人来到了摄像头前，他手里拿着手电筒，其光束偶尔直射摄像头，屏幕在一瞬间被白光覆盖，导致什么都看不到了。

“他们正在搜查客厅。”加布里埃尔说道。

“快看，他们回来了。”没过多久，克莱芒叫道。

这时，手电筒照亮了进屋的第一个男人，劳拉立刻就认出了他，是比尔。随后，光束被他佩戴的一件乌黑锃亮的物体表面反射了出来。

“他有一把左轮手枪……”阿莉雅小声说道。

“那是一把单膛室手枪。”加布里埃尔纠正她道。

劳拉吓得脸色发白。现在，她终于确定：杰弗森不想再等了，她再也不能用那些含糊的承诺来搪塞他了。

一直以来，夜帝都生活在外面。它生于初春，断奶于五月。一名年轻的萨克斯吹奏者觉得它很惹人怜爱，于是带它一起踏上了一段漫长的夏季巡演之路。这期间，他与其他乐手负责为一场混合了木偶戏、小丑表演、走钢丝等节目的街头表演伴奏。九月份，它的主人加入了另一支演出团队，该团队不想被狗狗拖累，所以夜帝便留在了一群杂耍演员的身边。他们都挺喜欢它的，但却没有任何一个人真正把自己当成它的主人。就这样，它跟着他们四处漂泊。这些艺人经常因为演出需要或付不起房租而更换住所，这样的生活持续了三四年吧——它自己也记不清了。自始至终，它都非常独立，很多时间都是独自在街头度过的。不过，它几乎每晚都会去找他们，既是为了得到一丝陪伴，也是为了一顿从不缺席的晚餐——无论如何，他们总会给它一些吃的。

这种生活方式给它带来了一个便利：它可以很清楚地知道公众对动物觉醒的态度，有点儿相当于它做了一次民意调查。穿梭在街上的人群中，它可以近距离地观察到他们的反应，并通过嗅觉感受到他们的情绪。据此，它对民众的整体心态有了一定的了解。随着自由出行的狗狗变得越来越多，它注意到了人们的态度变化：面对一只没有主人陪同的狗，他们一开始还会感到惊奇，但后来便习以为常了。某些人会表现出敌意或感到恐惧，这些情绪很容易被觉察出来。这类人的数量在宾果的那次荒唐行动之后明显增加了，尽管此后已鲜有狗咬人事件发生。然而，对于那些用好奇或怀疑的眼神看着它的人，它却不知该如何解读，他们似乎是在评估它的本领一样。

觉醒以后，夜帝曾与那些街头卖艺者继续来往过一段时间，随后便与他们渐渐切断了联系。因为它越来越坚信，对于人类这个群体，已经没什么可指望的了，尽管它也承认他们当中确实有一些对狗友好、和善的人。它在小心翼翼地与人类保持着距离，甚至会警惕自己在情感上的冲动——当人类温柔地对它说话或轻拍它的脑袋时，它有时会感到心间涌起一股暖流。夜帝提出了一种所谓“动物主义”的理念，虽然这目前还只是一种思维方式，但它希望日后能将其发展成为一套行动纲领。它认为，动物们应该独立自主地生活，并且只能在平等的基础上接受与人类的交流互动。此外，它还总是对那些与它同是自由之犬的同伴们强调，凡事都该考虑到所有觉醒的动物，而不是把目光局限于狗狗。

流浪生活给了它考验其信念的机会。由于它放弃了自己的人类家庭——如果之前那些街头艺人所组成的团体可以被称作“家庭”的话——它不得不自己寻找食物果腹。因此，它几乎每天傍晚都会到公园去逛一圈，以寻找人们吃剩的食物——在外吃午餐的公司雇员会丢掉一些吃不完的三明治，来公园看动物的家庭也会在野餐后留下一些残羹冷炙。它注意到公园树上的乌鸦越来越多了，而且它们比平时还要聒噪。

一天晚上，夜帝正在狼吞虎咽地吃着晚餐，突然，它有了一种被窥视的感觉。它抬起头，发现自己已经被站在地面上的五只乌鸦包围了，它们都在盯着它。其中一只向前蹦了一小步，并发出了一连串短促的叫声，听起来既像乌鸦的嘎嘎叫声，又像犬类的干吠。令夜帝惊讶的是，它居然听懂了这只乌鸦在说什么：“狗禁止吃乌鸦的食物。”

乌鸦们集体朝它走近了一步，接着又走近一步。它对自己听到的内容感到十分震惊，同时也因乌鸦们展现出的坚决态度变得警觉了起来："我想在哪儿觅食就在哪儿觅食，我是自由之犬。"

"查理说，狗禁止吃乌鸦的食物。"

"查理说什么关我屁事！"夜帝火冒三丈地回复道。片刻之后，它又补充道："查理是谁？"

"查理首领。"

回答它的总是同一只乌鸦，这只乌鸦很可能是唯一一只会说狗语的。夜帝思考了一下：既然这只鸟学习了它的语言，那或许说明鸦群有意与狗群沟通。不管怎么说，夜帝的洞察力没有欺骗它。它们显然已经觉醒了。夜帝对那只负责翻译的乌鸦说道："我想跟你的首领谈谈。"

那只乌鸦通过上下喙碰撞发出了"咔嗒"一声，那应该是一个信号——在听到这个声音的瞬间，五只鸟齐刷刷地飞走了。夜帝继续吃起了晚餐。它吃得很着急，因为它根本不知道自己何时能吃到下一餐。它刚吃完自己好不容易从塑料袋中取出来的一块三明治，突然，五只乌鸦再次降落到它面前。即便是通过气味，夜帝也无法将它们彼此区分开来。它不知道面前的这五只乌鸦是否就是刚才的那几只。

这时，其中一只站了出来："查理在这里，我翻译。"

话音刚落，另一只乌鸦叫了一声，它应该就是它们口中的查理了。刚才说话的那只还是同一名翻译。夜帝有点儿难以接受乌鸦会说话的事实。狗狗、人类会说话都不稀奇，猫咪会说话也还勉强可以理解吧，但什么时候连鸟类也会说话了？

“公园是乌鸦的领地。”

“才不是呢，公园属于所有动物，至少是所有觉醒的动物。”

“公园的食物归乌鸦。”

“我不同意，食物应该归找到它的动物所有。”

查理一声令下，所有乌鸦立刻开始向夜帝逼近。其中两只充分张开了翅膀，也许是为了吸引它的注意力。与此同时，另外两只朝它的侧面发起了进攻。第五只则在一旁观战。那家伙大概是查理，夜帝心想。夜帝经常与狗、猫还有老鼠打架。这帮乌鸦的战术倒让它联想起了老鼠使用的战术。它没能有时间思考更多，四只乌鸦同时扑向了它，企图用其坚硬的喙啄伤它。忽然，它感到肋部一阵剧痛。忍无可忍之下，它猛地向后一跳，顺势把其中一只鸟衔在了嘴里。

面对这群乌鸦，它至少已经控制住了它们的一名同伴——被挟持的乌鸦的双腿在其上下颌的压迫下动弹不得，脑袋在狗嘴外部，然而这只鸟却没有发出任何求救声。另外三只乌鸦靠近它，并再次包围了它。查理依旧在一旁观战。此时的夜帝已经无法说话了，于是发出了低吼声。正当它感到它们将要发动第二轮进攻时，查理发出了高亢的叫声。那帮乌鸦像是被一条隐形的绳索挡住了去路一样，突然停下了脚步。在收到其首领发出的第二个信号后，它们集体后退了几步。

夜帝在想：这究竟是一种作战策略，还是查理另有打算？它放掉了嘴里的乌鸦，以验证自己的猜想。被释放的乌鸦滚落到地上，然后重新站起来，回到了同伴们身边。新一轮的攻击更加猛烈，打得夜帝猝不及防。它本以为查理有意进行协商，但它显然想错了。它决定逃跑，于是不得不在一片茂密的灌木丛中钻行，以逃避乌鸦们的啄击。直到夜帝穿过公园的栅栏门跑到外面的街道上后，它们才放弃追赶。

第二天，夜帝带领着十来只狗回来了，其中既有像它一样的自由之犬，又有其他一些响应其召唤并成功从家中溜出来的狗狗。它们把公园里所有的垃圾桶都搜了个遍。它们行事低调，因此并未惊动守卫人员，不过此举已足以引起乌鸦们的注意。实际上，它们这么做有着双重目的：第一，向乌鸦们挑衅，报昨天的仇；第二，让乌鸦们明白公园究竟是谁的地盘，以免它们再想把狗狗从这里驱逐出去。

查理并不蠢，当它看到这些狗耍的伎俩后，它很快就意识到了一旦矛盾升级，恐怕对它自己也没有好处。犬类从来就不惧怕乌鸦，即使它的军队可以设法弄伤几条狗，它也很可能会因为一场前途未卜的战役而失去好几名得力的中尉。

它派了一队乌鸦飞到这群狗的上空——至少在空中，锋利的犬齿伤不到它们。它们中的翻译大叫道："谈判！谈判！"

在夜帝的召唤下，所有狗都聚集了起来。乌鸦们降落到了距它们几米远的地方，紧挨着彼此。片刻后，另一只乌鸦从一棵高大的橡树的叶丛中滑翔着飞落下来，那是查理。面对这群狗，它独自走上前去并叫了几声。翻译说道："不打架，谈判。"

"行。"夜帝回答道。

这次谈判并不容易。夜帝感觉查理可以听懂狗语，只是不会说。它自己听不懂乌鸦的语言，而那名"菜鸟翻译"说出的句子严重缺乏连贯性，所以谈判数度陷入了沟通理解上的困境。不过最终，双方还是达成了一项协议：狗狗们可以继续保有公园的一部分领地，但它们无权再到动物园区去觅食了。

这次会面期间，它们还谈及了其他一些更有意思的事情。这是查理第一次与另一个物种交流。至于夜帝，它之前已经尝试过与猫咪交谈，但效果并不是很好——猫咪们根本听不进它的想法，而且很快就去干它们自己的事了。然而在与查理交谈时，夜帝却意识到，想要为动物们谋得更多权利的并不止它一个。查理想要控制一片领地，以获得长期稳定的食物来源，至于其他的，它只对高处的区域（如树木或建筑物上层）感兴趣。这些地方对狗狗来说毫无用处，所以它们将其使用权让给了乌鸦。作为交换，查理同意参与夜帝的计划。当然，夜帝并没忘记提醒自己：这只乌鸦令人捉摸不定，它依然需要保持警惕。不过，查理或许是个值得结交的盟友，哪怕这种联盟只是暂时的。

蒙田看到杰弗森的手下在小屋门前的门垫下藏了一个小装置。阿莉雅和加布里埃尔这次终于有了一致看法：绝不能踩踏或移动门垫，因为该装置很可能是他们用来监控何时有人进入小屋的。没有人知道他们赶到现场要花多长时间，也没有人想要冒险去做这样的尝试。

劳拉非常担心，坚持认为他们迟早会发现她或她弟弟。即使她闭门不出，他们也只需对整个小区展开监视。他们可能有办法看出人或动物的可疑行为，并且很快会意识到蒙田、糖糖或克莱芒的异常举动。

“你说得太夸张了，他们也不是无所不能的吧。”克莱芒对劳拉说道。“他们根本无法发现我们。当然，前提是你得继续留在这里。”他补充道。尽管他自己也知道，这只是一个暂时的解决方案。

“你们不懂。沃夫公司有权有势，非常强大。你们也看到杰弗森的那两个手下了。我敢肯定，自那晚以后，他已经动用了更大的搜捕力量。”

加布里埃尔思忖着：“我们只要离开这里，就能争取到一点儿时间。不如我们暂时搬去芒德拉吧。他们没有理由知道那里的房子。”

芒德拉是一座小镇。在加布里埃尔和劳拉的母亲去世的几年前，他们的父母在那附近的山村里买下了一个旧农场。他们修复了已半成废墟的主建筑，并将其布置成了度假房。自他们的家庭生活陷入混乱以后，姐弟俩很少回那里。

“可是到了那里，我们就与世隔绝了呀！还能做什么呢？”劳拉面带愠色地问道。

“正因为房子地处偏僻，所以没有人会注意到我们。我们可以在那里避一段时间。等大多数动物都觉醒以后，杰弗森自然会放弃的……至少我希望如此……阿莉雅，你愿意跟我们一起去吗？还有你，克莱芒？”

“我没办法丢下你们不管。你们肯定需要帮忙。别的不说，至少得有人替你们买吃的吧。在接下来的几个星期里，你们都得深居简出。”阿莉雅答道。

克莱芒也决定陪他们一同前往。

“太好了，那我们把几只宠物也带上。大家得在车里挤一挤了！”加布里埃尔说道。

“你应该问问它们的意见。它们也是有发言权的。”阿莉雅插话道。

“我很乐意跟我亲爱的阿莉雅一起去。虽然我们大家是被迫踏上旅途的，但我敢肯定这趟旅程一定会非常有趣！如果糖糖也去的话，我会非常高兴的。”蒙田说道。

灰鹦鹉刚开始说话，猫咪就把耳朵转向了它。这家伙看似在打瞌睡，其实却在专心地听着。它喃喃地回答：“行，要是不太远，我就去。还有，小疙瘩得保证不再骚扰我……”

“你该庆幸自己还算精明，这在猫咪中可是很难得的……”小疙瘩回击道。

“你们几个别闹啦。”加布里埃尔劝道，接着又问，“那我们什么时候出发？明天一早？”

第七章　十　月

觉醒现象正在缓慢而深刻地改变着人类看待动物的方式。不过，动物园里的大象在人们心中的形象却始终如一——不论是在觉醒前还是在觉醒后，它们都依然那样沉静而充满智慧。此外，它们还保留了其闻名遐迩的超强记忆力。它们日益充盈的智慧需要得到滋养。自从有了电视机，它们正在迅速吸收有关世界动态的大量信息。但这对它们来说还不够。因此，它们设法获得了一台触屏电视——这些庞然大物可以利用灵活的象鼻轻松换台，选择自己想看的节目。现在，它们大部分时间都在看动物频道的节目。

尽管这个象群的所有成员都是在人工饲养环境下出生的，但它们很快就意识到了自己的生活环境并不正常。虽然围场内的空间相对宽敞，但它们并不自由。它们发现自己的祖先生活在非洲，那里还留存着一些野象种群。它们对这些同类的命运感到触目惊心：它们中有的被游客骚扰，有的被村民追捕，有的被偷猎者杀害,还有一些则似乎在大草原上过着平静的生活。从揭露野生动物恶劣生存现状的环保纪录片到吹嘘自然公园种种优点的旅游报道，它们有时很难分辨孰真孰伪。

它们了解到有些大象的生活条件已差到了令人发指的地步。那些大象被囚禁在狭小的围场或内室里，有的甚至被迫过着独居生活——对大象这种社会性很强的动物而言，这无疑是一种折磨。处境同样悲惨的还有马戏团里的大象，它们不是被铁链束缚着，就是被关在铁笼里。这一切都在改变着这群觉醒的大象看待人类的方式。尽管它们得到的待遇还不错，但它们很清楚：有些人并不像帮助它们觉醒的那几个年轻人一样友好。

它们相互之间通过自己发明的肢体语言交流。此外，它们还会使用次声波。这些声波的频率很低，因此人类及其他大多数动物都听不到。次声波传递的信息不如灵活运动的象鼻所表达的信息来得准确，但却可以帮助它们进行远距离沟通——这些低频振动会从象鼻传到象腿，然后通过地面向四周扩散传播。

它们都根据自己在纪录片里看到的一些人物给自己取了名字：象群的“女族长”选择了索菲这个名字，因为它看过一部讲述法国女数学家索菲·热尔曼生平的电影；另一头较年长的雌象名叫达尔文，它很可能将在索菲去世后接替它成为象群的新首领；其他几名成员分别因为德国发明家古滕贝格、法国第一位女性海洋学家阿妮塔·孔蒂、意大利博学家达·芬奇以及罗马神话中的美神维纳斯而将自己命名为贝格、阿妮塔、芬奇、维纳斯；年纪最小的大象管自己叫阿尔伯特，原因是它很痴迷一部关于阿尔伯特·爱因斯坦的纪录片。

这七头大象决定回到非洲去寻找它们的野生“亲戚”，同时也为了体验一种更令它们满意的生活方式。实际上，用“回到”这个词并不准确，因为它们都出生在欧洲，并且从未踏上过非洲大陆。是各大动物园合作开展的基因多样性维护计划把它们偶然分配到了现在这家公园动物园，其中几头就出生在这里。

这些大象与疣猪和羚羊共享一个围场，因为这几个物种相处很和谐。而且对动物园负责人来说，这样的组合可以为游客们提供一种更多样化的观赏体验，同时也更接近于非洲大草原的真实景象。围场里的羚羊仍处在原始状态，而疣猪却因接触了大象的粪便而觉醒了。话说，这些疣猪已经逃出围场好几次了。一天夜里，它们透过公园的栅栏门看到了外面的世界。那天正好是七月十四日[①]，街上挤满了人，呼啸而过的车辆纷纷按响喇叭，以示庆祝。人们声嘶力竭地唱着、喊着。疣猪们本来也许会爱上烟花表演的，但可惜那流光溢彩的一幕被高大的建筑物挡住了。它们只听到了巨大的轰鸣声，并闻到了火药的气味。此外，鞭炮发出的一连串“噼啪”爆炸声也把它们吓得不轻。于是，它们跑回围场，并决心再也不出去了。它们从未

① 七月十四日是法国的国庆日。

感到过如此恐惧。在围栏的庇护下，它们至少觉得自己很安全，这在它们看来，比大象们鼓吹的自由要重要得多。

在阿莉雅他们的帮助下，象群制订了南迁的行动计划。阿莉雅和克莱芒都热情高涨，而加布里埃尔也很乐意帮助他们。他并不反对象群的这趟旅程，而且企图借助这次的表现讨好阿莉雅——由于加布里埃尔表达过许多带有人类中心主义①色彩的观点，所以阿莉雅还在生他的气。对象群而言，最大的困难是一路上的觅食问题。随着气候变暖，今年的秋季相对温和，所以植被依旧茂盛。然而，有些郊区并没有森林，所以在穿越这些地区之前，必须提前做好打算。为此，克莱芒与分布在当地的动物解放团体取得了联系。团员们在计划好的路线上设立了一系列补给站：他们从农民那里购买了大量干草，然后把这些干草分配到了彼此相隔二十公里左右的仓库里。要知道，大象步行二十公里大约需要五到六小时。

一切准备就绪后，大象们凭借惊人的记忆力记住了一张详细的法国地图、其步行路线图以及各个补给站的具体位置。它们把自己的出逃计划透露给了疣猪。为了协助大象顺利逃走，疣猪们策划了一场骚动：它们故意像发了疯似的狂吼乱叫并拼

---

① 人类中心主义认为人类是地球上乃至宇宙间最核心或者最重要的物种，评价现实的真实与否亦依靠人类的视角。

命追逐羚羊，吓得它们都跑出围场，四散到了公园的小道上。在守卫人员忙着抓捕羚羊，并试图使它们镇静下来时，疣猪们仍在极力捣乱，阻挠人类开展工作。就这样，象群趁乱打开了公园的栅栏门，踏上了征程。

“这是对觉醒的亵渎！你无权说出这样的话！”宾果气得暴跳如雷。听完小疙瘩的解释后，它背部和肩上的毛发都竖了起来，这使它看上去比平时更加高大健硕了。“唤醒我们的绝不是什么可笑的病毒，更不是人造病毒！”

“宾果……”小疙瘩试图回复它。

“我的名字叫王子！”宾果打断它道。

“随便你吧。无论如何，你都必须面对现实。我很清楚发生了什么，也知道这一切是如何发生的。我之所以告诉你们这些，是因为我觉得还是让你们了解真相比较好。这对我们是什么或变成了什么都不会产生任何影响。不论这一切是如何发生的，重要的是在这里的每一位都觉醒了。你仍然可以认为小白鼠泄露病毒是具有神圣意义的，只要你不否认真实发生的事情就行……”

“即使这些都是真的，我也实在不明白知道这些有什么用。我们的觉醒不该因为病毒的事而被贬低和低估。我在试图把你们带到一种崇高的精神境界，你却跑来告诉大家这一切源于一起可悲又可笑的实验事故。这是一个谎言，一个危险的谎言。”宾果咕哝道。

小疙瘩把目光投向了全体与会成员。由于它第二天就要跟着克莱芒以及其他人出发了，下一次再见到大家恐怕将会在很久以后了。所以它必须告知其他狗狗它们所面临的形势，它们有必要清楚地认识到对其新生活构成威胁的种种因素：“我不想为此事争辩。关于觉醒现象的起因，你们爱信谁信谁。我只想警告你们接下来很可能会发生的事。”

于是，小疙瘩讲述了沃夫公司介入此事并企图制造逆病毒的经过。它告诉它们若想维持自己的觉醒状态，唯一的办法就是保护劳拉，并阻止杰弗森找到她。此外，它还认为有必要在暗中守护克莱芒、阿莉雅和加布里埃尔，并及时向他们提供帮助。“这些人都是与我们站在一边的。不过，真正了解这种病毒及其作用原理的却只有劳拉。如果杰弗森找到她的话，他就可以强迫她制造出逆病毒。王子，你必须相信我，我们不得不帮助这些人。鉴于他们即将前往南部的芒德拉小镇，我们得设法通知生活在那边的已觉醒的狗狗。”

为了获得宾果的支持，小疙瘩故意使用了它的新名字来称呼它。尽管宾果宣扬的观点并不总是很有逻辑性，但在这个群体中，听它指挥的狗狗并不在少数。因此，把它变为自己的盟友是件很有利的事。小疙瘩的一番话使在场的狗狗都愣住了：在这么短的时间内，它们先被告知自己的觉醒都归功于一种病毒，又被告知一种逆病毒很可能会使它们回到从前的状态。这一切来得太快，以至它们还难以完全消化这些信息。宾果虽然有很多缺点，但它还没有到愚不可及的地步，至少它是第一只做出反应的狗狗："我会考虑这件事的。假如你说的都是事实的话，注意，我说的可是'假如'，那我们确实应该组织狗狗保护他们。"

在与会成员中，有只狗在全神贯注地聆听小疙瘩说话，它就是普皮。虽然它不都能听懂，但它确信自己记住的内容会令雷克斯很感兴趣。它自己也说不清是为什么，可它就是很想引起雷克斯的注意！会议结束后，它很快就溜走了，嘴里像在祝祷一般不停地重复着"劳拉、沃夫、克莱芒、芒德拉……劳拉、沃夫……"，这是它记住所有这些新词的唯一方法。

夜帝没有打断小疙瘩。事实上，在整个讨论过程中，它甚至都没有说一句话。它现在更理解它朋友的立场及其肩上所佩戴的翻译器的功能了。它有点儿气小疙瘩把这个秘密保守了这么久，却也明白，若换作自己，恐怕也会这样做。夜帝把小疙瘩拉到了一旁，以避开耳目与它单独聊几句。它想要弄清楚一件对它而言很重要的事情。

“如果我没理解错的话，只要杰弗森找到劳拉，他就可以从她那里得到逆病毒，而我们则会回归原来的蒙昧状态。但如果他找不到她的话，我们是否就能肯定她不会制造这种逆病毒呢？我们真的可以信赖她吗？她毕竟是人类呀……”

小疙瘩努力忍住不生气，回答道：“你不能这么说！要不是她，我们今天也不能聚在这里交谈。”

“话虽如此，可她或许也在后悔自己的发明……尤其是在她看到这种病毒造成的一系列后果之后。”

对此，小疙瘩并没有否认：“她确实思考了很多，也犹豫了很久。但现在，她已经下定决心了。”

“那她也可能再改主意啊！我真不明白我为什么要相信她。”

“不管你怎么想，反正我很信任她，我敢肯定她不会背叛我们。”小疙瘩断言道，它最终还是没控制住自己的脾气。

“好吧，就当你说的都是对的。那我们怎么做才能不让杰弗森得逞呢？”

“我们必须尽一切可能阻止他找到劳拉。这就是我们出发去南部的原因。”

“你也要去吗？”夜帝惊讶地问道。

“当然啦。她需要我们的保护。尽管同行的有克莱芒、阿莉雅，以及她的弟弟加布里埃尔……另外还有鹦鹉蒙田、猫咪糖糖，但这仍然是不够的。”

“我有个主意……”夜帝把自己与乌鸦们共享公园并共商大计的事告诉了它。

“你疯了吗？你怎么能相信鸟类说的话呢？”

“你说这话才令我感到震惊呢！你不是一直想要团结其他动物来说服人类赋予我们更多权利吗？”

“没错，可鸟类的智商……反正，它们跟我们不一样。”

“你会这么想，那是因为你没有像我一样跟乌鸦交谈过。既然它们现在已经觉醒了，那就不能再以从前的眼光看待它们了，相信我。不过，你说的也不是全无道理，那个查理确实不可靠。但有一点它与我们不谋而合：它也坚决不想回到从前。如果需要战斗的话，它将会是一个很有价值的盟友。”

“也许你是对的。把病毒的事告诉它吧，咱们听听它对此有什么看法。”

一大早，大家都挤进了劳拉的车里。加布里埃尔坐在前排副驾驶座上，他的理由是自己的腿太长，蜷缩着不舒服。小疙瘩坐在他的脚边。糖糖趴在后备厢置物板上。蒙田则站在中央扶手箱上，以看清前方的路况——它不想错过任何风景。万里无云的天空中闪耀着一轮秋日的暖阳。自八月以来一直没有下过雨。树叶依然保有绿色，但却因土壤严重缺水而显得很干。

他们才刚经历完早晨的堵车，突然，光线暗了下来。大家都觉得很奇怪，一开始还以为是一片雷雨云飘了过来，但他们很快便意识到，那其实是一大群密密麻麻的飞鸟。克莱芒凭借自己对动物学知识的了解认出了那些是椋鸟。它们的队伍旁还跟随着几只小嘴乌鸦，这令他颇为惊讶。这片有生命的“乌云”飞翔在高速公路上空，把太阳挡住了足足有四分多钟。接着，不知道出于什么原因，那些鸟都在同一瞬间骤然掉头，朝反方向飞走了。据阿莉雅估计，它们的数量恐怕有数百万。

第八章　十一月

十一月六日的电视新闻

昨天，某国军队轰炸了该国国家公园。据官方消息称，这次行动旨在捣毁那些在国际偷猎者指使下猖獗于该地区的武装团伙。不过，军队故意破坏这个国家公园的做法着实令人费解。要知道，该公园每年可以接待近十万名游客。据一些目击者称，军方的打击对象并不是偷猎者，而是那里的野生动物，尤其是一个由数百头狮子组成的狮群。不过，这一消息还有待确认。

“快来瞧瞧漂亮又新鲜的蘑菇呀！牛肝菌、鸡油菌、卷缘齿菌，品种多多！”

“还热乎的农场鸡蛋，都是母鸡刚下的嘞！”

“有机南瓜、西葫芦、番茄，走过路过不要错过！”

阿莉雅、加布里埃尔和克莱芒惬意地走在乡间小道上。被摊贩们卖力的吆喝声吸引，他们准备购买一些蔬菜、奶酪和蘑菇。今天是周五，他们从山村赶到小镇中心就是为了来逛每周一次的集市。劳拉仍然忧心忡忡，所以更愿意谨慎行事。他们来到这里已经一周了，这期间，她从来没有出过门，而其他人则已经到附近的树林里以及海拔更高一些的喀斯[①]地区散步游玩过了。他们经常骑自行车到几公里外的镇上采购日常用品。

“质地干硬的山羊奶酪！今年夏季生产的哟！”

“快来买鸭肉、鸡肉呀！未醒鸡鸭，品质保障！”

克莱芒凑近耳朵仔细听，但还是没听明白：“卫星鸡？从没听说过……”

他来到了家禽肉摊前，摊主仍在叫卖着他的鸭肉和山鸡肉。

“您卖的‘卫星鸡’是什么呀？”

“就是没有觉醒的鸡呀。我这儿卖的肉都保证源自没有觉醒的鸡鸭。您不看新闻吗？这是新的食品标准。”

① 喀斯是位于法国中部和南部的石灰岩高原。

第八章　十一月

这一阵儿，几个年轻人都在为劳拉的问题担忧，所以并没有太关注病毒传播的消息。整个秋季，媒体都在跟踪报道觉醒现象，从宠物猫狗到家禽家畜，它们的情况变化很快。在放牧区，农民们首先采取的做法是将那些行为异常的动物隔离开来。但在大型工业化养殖场，由于数以百计甚至数以千计的动物都觉醒了，所以饲养员采取的应对方法极其残酷，他们实行了对抗瘟疫的措施，比如，受感染的牲口一律被宰杀。在相对偏僻或旅游业较不发达的地区，畜牧业受到的影响较小。牧民们格外注意避免他们的牲畜与其他动物接触，以减缓疫情的蔓延。

“怎么样，要不然咱们为今晚的晚餐买一只？”加布里埃尔问道。

“我觉得还是不要了。咱们待会儿可以买点儿鸡蛋。”阿莉雅说道。

“说得对。没有证据能够证明这些鸡一定是未醒的。我才不愿意冒险呢，万一吃到觉醒的动物呢？”克莱芒补充道。

雷克斯坐在豪华办公室的地毯上，它的目光不时在两个男人之间来回地切换——在它身旁的是它的主人亨利·森格拉尔，面对他们的是总裁保罗·杰弗森。雷克斯的脖子上挂着一个翻译装置，只可惜其做工和性能都很差。雷克斯已经意识到了装置输出的语音与它所说的内容往往有出入。当它把这件事告诉它的主人时，它的主人回答称这根本无关紧要，反正它的表达能力本来就十分有限……

杰弗森看着森格拉尔说道："听我的助理称，您此次前来代表的是尊重自然和动物联盟。"

"没错，是这样的。"

"听说您可以告诉我们有关劳拉·古皮的消息。"

"是，我是这样对您的助理说的。"

"我不太理解您的意图。您所在的协会去年才把我们告上法庭。您为什么会想帮助我们呢？"

尊重自然和动物联盟的会员们曾呼吁政府采取行动，以使动物们立即恢复原来的状态。一开始，他们把责任全都归咎于他们的宿敌——农产食品加工业，但没过多久便意识到了原来该行业才是此次流行病的主要受害者。当雷克斯把它从狗狗大会上得到的消息透露给他时，亨利·森格拉尔便知道自己掌握了一个很有价值的筹码，他可以利用这个筹码来迫使杰弗森答应自己的要求，即改善养殖场动物们的生存条件。没错，他之前确实就该问题数次起诉过沃夫公司，所以他根本不想与敌人结盟。他此行的目的只是想达成一项对他有利的交易，并在此基础上提议双方暂时休战。

“因为我们都有一个共同的愿望：使所有动物回归正常。那些美其名曰‘觉醒’的动物就像受过训练的猴子，它们只会模仿我们，并不完全明白自己在做什么。再这样下去，我们恐怕将眼睁睁地看着全球动物经历一场不可挽回的转变，并目睹大自然以一种滑稽怪诞的方式被人格化。从您的角度来看，这些动物对您的企业也是非常不利的。所以，如果您同意为改善养殖场动物们的待遇采取一些具体措施，并就此签署一份协议，那我们可以告诉您劳拉·古皮的下落。”

“在谈下去之前，请告诉我您的消息是从哪里得来的。”

“是我的狗告诉我的。”森格拉尔回答道，言语中透露出了一丝不自在。

“就是这条狗吗？”杰弗森问道。

“是的。”雷克斯抢先答道。它想要表现出自己对主人的忠诚。

杰弗森微微一颤，这是他第一次直面一只佩戴翻译器的动物。他连忙向森格拉尔确认道：“是它在说话吗？它能听懂我说的话？”

“我不知道它能听懂到什么程度，但从它的反应来看，它应该是能听懂的……不信您瞧！雷克斯，你知道我们现在在哪里吗？”

雷克斯看着它的主人，对他提出的问题感到很诧异。它当然知道他们在哪儿，但为了让主人高兴，它回答道：“我们在沃夫公司的地方。”

“它的措辞有些奇怪，但说得并不错。”杰弗森承认道。

尽管还没有完全被说服，但杰弗森选择相信森格拉尔和他的狗，毕竟他也别无选择：这是他现在唯一的线索。劳拉·古皮似乎已经彻底不回她的小屋了，而他必须尽快找到她。他拟了一份合同交给森格拉尔过目，内容涉及了卡车运输生猪时所需遵守的各项标准，以及笼养鸡应当享有的最小生存面积。森格拉尔对协议的个别条款提出了一点儿异议，但最终还是接受了。他对这个结果很满意，毕竟他在该领域又向前迈进了一步。签署完合同后，他对他的狗说道：“雷克斯，你能把你告诉我的话复述一遍吗？”

“劳拉不做反对智慧的病毒。她和她的兄弟在南部芒德拉特。他们在别人的帮助下，克莱芒、阿莉雅，我不知道名字，可恶的雪人和乌鸦。”

杰弗森皱起了眉头。这番话的意思根本就不清晰，有可能是翻译装置的效率低下，有可能是狗的表达能力太差，也有可能两者兼而有之……

“他们出发去了……芒德拉特。你的消息可靠吗？”

“是的，芒德拉。它跟我说了，普皮。它知道不撒谎。”

“普皮……我竟沦落到了要相信两只狗道听途说来的小道消息……”杰弗森心想。

看来，古皮姐弟很可能逃到了法国南部。他谢过亨利·森格拉尔，然后通过对讲设备联系上了豹惠：“请您立即出发去寻找劳拉·古皮。她和她的弟弟现在在一个叫‘芒德拉特’或‘芒德拉’的地方，我不知道准确的地名。需要注意的是，他们身边很可能还有其他人。所以，叫比尔和加里跟您一起去。”

森格拉尔用指尖挠着雷克斯的脑袋，像它觉醒之前一样对它说道：“做得好，我的狗狗。这才是一条好狗。”

雷克斯沉浸在无尽的喜悦中。它的主人对它重新产生了爱意！当森格拉尔把它的翻译器收走时，它竟对此毫无察觉。

农场后面有一个被干石墙围起来的小花园，花园正对着一片绵延至森林的缓坡草原。从窗口经常可以看到一些动物从森林的树荫里冒出来，在开阔的草原上踱上几步，然后又逐渐走远，躲回到树丛中。某天早晨，一群家猪出现在了森林边缘，它们大步朝旧农场走来，看上去没有任何不安或恐惧。领头的是一头消瘦的大公猪，猪群里有六七头母猪、若干头年龄较小的公猪和母猪，还有许多小猪崽跟在它们周围碎步小跑着。

它们用头顶开花园的小木门，进到了花园里，并在花坛间四散开来。这一幕被正在煮咖啡的加布里埃尔看到了。他走到屋外，做出了驱赶它们的手势，并抬高嗓音试图吓跑它们："你们这群家伙，快出去！这里不是你们该待的地方！"

在与它们的目光交会时，他顿时意识到它们已经觉醒了，而且它们不会这么容易就离开的。阿莉雅和劳拉闻声来到了花园里，蒙田和小疙瘩也跟了过来。糖糖则似乎对猪群不感兴趣。阿莉雅向这群不速之客问道："你们想要什么？"

猪群立刻爆发出了一片嘈杂的哼哼声。领头的大公猪低吼了一声，所有猪马上安静下来。它代表猪群发了言，其间没有猪敢插嘴。只有蒙田能够听懂它的语言。这只灰鹦鹉仔细听了几分钟，然后翻译道："它们想要一些土豆，哪怕是土豆皮也行。它们被一个养殖户赶了出来，现在到了森林里却发现，它们并不适应那里的环境。"

"你们可以吃野栗子呀？"劳拉问道。

其中一头猪轻声哼哼了起来。

"它们已经把野栗子都吃光了。"蒙田翻译道，紧接着又总结起了自己的感想，"真有意思，这群猪跟我们昨天遇到的那群牛使用的几乎是同一种语言。虽然它们的口音不同，但使用的词汇却十分相像。它们的哼哼声和哞哞声很类似，仿佛它们互相借鉴了对方的语言一样。”

“你说的并不是没有可能。如果它们觉醒时正好在同一家农场，而且彼此离得很近的话，那模仿对方的语言也很正常。不过，现在真不是研究语言学的时候。”劳拉评论道。

猪群有些烦躁不安，它们哼哼唧唧并尖声叫唤着。蒙田专心地观察着它们：“它们饿极了，需要一些蔬菜。”

克莱芒建议它们到花园一角的堆肥箱里去找吃的，堆肥上覆盖着一层仍然可以食用的果皮。“我们能提供给你们的只有这么多了。我们这边没有饲养其他动物，储存的食物也只够我们自己吃的。”

这群家猪点了点头，于是转身朝花园的角落走去。

豹惠坐在黑色越野车的后排默默思索着。她根据狗狗雷克斯提供的信息列出了一张名字有可能匹配的城镇和村庄名单。下一步恐怕得费些时间了，但她却因踏上这场追踪之旅而体验到了某种乐趣。尽管她也为自己不得不突然放下手中的一切而感到恼火，但她却对这场“猫鼠游戏”产生了兴趣。她是个天生的猎手，这种追捕的乐趣是平时的工作根本无法带给她的。在杰弗森身边，她主要担任科学顾问的职务。只要是涉及生物学领域的问题，杰弗森都非常重视她的意见。

如今，杰弗森终于得以把自己酷爱的两件事结合到了一起：解决一个棘手的科学问题，以及追踪一个人——准确地说是一个女人。

“这个小古皮，我非把她生吞活剥了不可……”豹惠喃喃自语道。

比尔·哈根贝克正驾驶着汽车在单调的高速公路上疾速行驶。他已经迫不及待想要开进弯曲狭窄的山区公路了，因为在那里他才能让越野车真正发挥其性能。他曾在阿富汗和叙利亚打过仗，并且仍然把自己看成一名士兵。现在，他为沃夫公司效力，为人冷漠无情，只知道执行命令。

坐在副驾驶座上的加里·索朗正看着窗外的风景发呆。他生于美国的佛蒙特州，整个青年时期都是在自家的农场里度过的。那时候，他帮父母种过胡萝卜和花椰菜。不过，他最喜欢做的事还是照料奶牛和猪。可惜的是，他们的家族企业没能扛得住工业化养殖场的竞争，最终倒闭了。在建筑行业干了一段时间后，他在沃夫公司找到了一份薪水更高的工作。

加里在想，他这次是否终于能观察到一些觉醒的牛或马了。上次养猪场的事令他有点儿沮丧，因为他根本没看出那些猪有什么异常。当然，这也是因为他不得不迅速采取行动，所以即使有几头猪真的觉醒了，它们也因混在成千上万只同类当中而很难被察觉。他曾希望那一切都只是虚惊一场。他不愿意回想起自己把那些觉醒的猪送进屠宰场的事。他用力晃了晃脑袋，企图想些别的事情。

他们的任务很简单：找到劳拉·古皮，并把她带到美国。

夜帝已经渐渐能够听懂乌鸦语言里的个别词语了。在它与查理的第二次交谈中，它发现那名乌鸦翻译的水平也提高了，这使谈判双方的交流变得更加顺畅了。

它们没有再谈分享领地的问题，因为这件事已经解决了，双方对结果都很满意。这一次，它们聊的是那些对觉醒构成威胁的因素。夜帝把自己了解到的与杰弗森的计划有关的信息都告诉了查理。对所有觉醒的动物而言，沃夫公司是它们面临的最大危险，虽然它们不能排除其他公司也在开展类似计划的可能性。总之，它们无论如何都不能让劳拉把她的病毒秘方交给杰弗森。查理不太确定自己是否完全理解了夜帝的意图，于是问道："你的意思是要保护她不受杰弗森的伤害，对吗？"

"最重要的是要阻止他俩见面。我知道杰弗森想要什么，但我不太清楚劳拉的意图。"

"我懂了。要么保护她，要么除掉她。这样倒是更简单了。"

夜帝对查理的这种想法感到有些不安，要是小疙瘩知道了，恐怕会非常生气："不是，不完全是这样的。她和其他人是一个整体。如果我们攻击她的话，他们很可能就不会像现在这样支持我们了。"

"我明白，但根据你的说法，她是唯一一个能够开发出逆病毒的人，不是吗？"

"唔……是，没错……"

"既然是这样，那就没问题了，只要解决掉她就行。我会和我的中尉们商量对策的。你刚才说她去了南部，是吗？"

"是的……可我不清楚她具体在哪里……"

夜帝对此次谈话的发展趋势越发感到不自在了。最后，查理总结道："没关系。若有必要，我们随时可以派遣飞行部队去把她找出来。在此之前，谢谢你向我提供了这些信息！如果你们狗狗有什么需要帮忙的地方，尽管来找我。”

查理完全了解结盟的原则：有来有往，互不相欠。

自从在农场住下后，大家都过起了相对单调却又悠闲舒适的田园生活：他们时而下山去小镇上逛集市，时而在火炉边聊天，时而到喀斯地区散步……只有劳拉还在自愿禁足，并且不堪其苦，她在想自己这样谨小慎微会不会太夸张了。小疙瘩没能按照自己本来的计划，把当地觉醒的狗狗都组织起来保护劳拉——由于偏远农场里的大多数狗狗都没有受到感染，所以要等到它们出现明显的觉醒迹象，恐怕还得好几个星期。鉴于这个小山村的安逸氛围令它感到很安心，所以它决定把这个计划暂时搁置。阿莉雅和克莱芒回了一趟城里——这两个大学生希望能够多少在老师面前露一下面，同时也补一下耽误的课业。现在，他们又回到了芒德拉，并打算待一个星期。

加布里埃尔和阿莉雅正走在通往小镇的路上，他们要去采购一些食物，陪他们一同前往的还有小疙瘩。这段被迫休假的时光使他们的关系变得更加亲密了。一路上，加布里埃尔一直在努力配合阿莉雅聊一些自己平时不怎么感兴趣的话题，而阿莉雅则在尽力避免自己的情绪转变显得太过突兀——每当她试图掩饰自己的情感时，她都会因方寸大乱而态度骤变。至于小疙瘩，它享受在乡间漫游，以至它很容易有觉醒前的行为——迎着风肆意奔跑。它惊异于那些涌入鼻腔的馥郁香气，它们比城市里的气息要丰富鲜活得多，它们与周围的景致共同构成了一幅芬芳四溢的风景画。

小镇的入口处停满了拖拉机和载运牲口的卡车，一些饲养户正在与牲口贩子做着最后的交易——小镇刚刚举行完每月一度的牲畜展销会，展销会结束后便是集市。摊贩们已在中心广场上纷纷就位，货摊之间的过道上挤满了人，广场周围的街巷里也是人头攒动。加布里埃尔和阿莉雅把自行车锁到一个停车架上后，便开始购物：面包、奶酪、胡萝卜、苹果……为了避免买到觉醒动物的肉，他们现在会首选鸡蛋和鱼作为蛋白质来源。

突然，小疙瘩像被石化了一般僵在了原地。它嗅到了一股自己之前闻过的气味……这味道是它在劳拉小屋的花园里嗅到的……那是杰弗森某位手下身上的男士香水味！小母狗个头太矮，无法很好地查看周围的情况。“加布里埃尔、阿莉雅，偷偷瞄一眼你们的右手边，我闻到了沃夫公司那帮人的气味。”

“你确定吗？”阿莉雅问道。一阵恐慌感顿时袭上她的心头。她把加布里埃尔推到了一个被各种促销价格牌挡住了一半门面的货摊后面。在这个相对隐蔽的位置，他俩用目光扫视起了整个集市。

“我还从未亲眼见过他们。”加布里埃尔说道。

“我也是，但我想他们应该很容易辨认。他们看起来肯定不像一般的顾客。”

“你觉得他们会穿黑色西服，戴黑色墨镜吗？”加布里埃尔小声问道。

“别说话了！他们的气味越来越浓烈了。你们还记得吗？他们开的是一辆黑色越野车。”小疙瘩提醒道。

“啊，可不是嘛，我差点儿忘了……”加布里埃尔边回复边环顾了一下四周，然后继续说道，“我看到了，他们的车就停在那边，在广场的另一头。”

“我们必须立即赶回农场，然后赶紧逃走。不能再留在这个地区了。”阿莉雅说道。

他们朝停放自行车的地方走去。为避免引起注意，他们故意没有奔跑。比尔正在监视集市的各个过道，他对他们的不自然举动产生了警觉。由于他手里有一张加布里埃尔的照片，所以一眼就认出了他。当他看到狗狗佩戴的翻译器时，他不再有任何怀疑，于是立刻朝他们的方向追去。然而，受集市人潮的阻挡，他被迫放慢了脚步。当他远远看到他们的自行车时，他意识到自己这样是追不上他们的，于是立刻返回到黑色越野车上，加里紧随其后。豹惠已经从后排转移到了驾驶座上，他们一上车，她便发动了车子。

在拿到自行车的时候，加布里埃尔回头看了一眼：那辆黑色越野车正在人群中缓慢朝他们驶来。这时，他忽然意识到一辆运输绵羊的半挂式卡车就停在他身边，于是心生一计。他让阿莉雅先行出发，以通知其他人做好紧急撤离农场的准备，然后向小疙瘩快速解释了自己的计划。他把卡车后门打开，门板向下翻转，形成了一个斜坡。小疙瘩登上卡车，钻到了车厢的最深处，并开始把羊群向外驱赶。就这样，一百多头绵羊陆续窜到了街上。受惊的绵羊紧密地团结在一起，堵住了街道。黑色越野车因此在原地滞留了几分钟。

加布里埃尔拼命蹬自行车，以最快的速度朝农场赶去。当他到达时，劳拉已经在汽车驾驶座上了，克莱芒和阿莉雅坐在后排。他撂下自行车，飞快坐上副驾驶座。小疙瘩和糖糖在它们平时的位置。蒙田在劳拉发动引擎的那一刻从后车窗飞了进来。汽车朝森林驶去。

加布里埃尔朝车后方看去，没有越野车的影子。“他们从小镇开上来的一路都不会遇见我们，所以到时候肯定能猜到我们是走了现在的这条路。”

“说得没错，我一看到路口就会拐弯的。谁来为我导航？”劳拉问道。

克莱芒掏出手机，查找了一张当地地图。“你在前方两公里处右转，我们先开进山谷，到了山谷尽头再开上高原。这条路线上覆盖着广阔的森林，而且林间小径众多。这样更容易使他们跟丢。”

他们在森林里行驶了半小时左右，在多次改变方向后，驶入了一条小路。一路上，他们没有碰到任何汽车，而且似乎也没有被跟踪。车窗外的风景在森林和较开阔的区域（散布着大块圆形岩石的干枯草地）之间交替转换。

在蜿蜒的道路上行驶了一阵儿后，劳拉看到远处有个巨大的物体把路给挡住了。她放慢车速，缓缓开到了障碍物面前。横在路中央的是一棵断树。高耸阴暗的森林在道路两侧延伸开去。

加布里埃尔皱起了眉头：“真奇怪，这是棵枯树，可它却不是原地倒下的。我感觉它是被推到这里的。”

三个月前，位于森林边缘的某个村庄曾是一个感染点的始发地。一个家庭为了度假而在那里租了一间小屋。三个孩子坚持要带上他们的宠物猫比安卡。这只母猫刚被病毒感染，并且正在觉醒中。没有人发现这件事，因为它的行为仍然很正常。在他们到达小屋的第二天，这只母猫在小屋对面的草原上捕获了一只田鼠。它玩弄了这只小啮齿动物好一会儿，使它身受多处重伤。尽管如此，这只田鼠还是设法回到了自己在草原下挖的一条地道里。

虽然逃脱了比安卡的利爪，但它已因失血过多而变得非常虚弱。最终，一只狗獾透过草丛闻到了它的气味，因而得以饱餐了一顿。猫咪传染给田鼠的病毒进入了狗獾的胃中，随后又进入了其血液循环系统。几天后，这只食肉动物在一片灌木丛下找到了一具狍子尸体，尸体仍然有温度——这只狍子被汽车撞了以后，拼尽全力地来到这里静候死亡。狗獾吞吃了狍子的一条大腿和部分肝脏。在这个过程中，它通过自己的唾液使狍子的大部分器官都染上了病毒，这导致那些随后赶来啃食尸体残骸的动物（两只狐狸和一群体型较小的吃腐尸的动物）也都无一例外地被感染。

一段时间过后，一个狼群来到了该地区度夏。它们除了会自行捕猎，还会从其他食肉动物那里抢夺现成的猎物。如果有机会，它们甚至会把被抢的食肉动物也顺便杀死。就这样，它们于某天分食了一只正在觉醒的狐狸。很快，整个狼群都被感染了，不论是成年狼还是幼狼。话说，这些幼狼也已经开始自己捕食了。夏季结束时，狼群把病毒传给了若干头鹿和一头野猪——它们都是被狼群追逐、啃咬，最后却死里逃生的幸存者。如今，狼群的所有成员——头狼夫妇、五头成年狼和六头幼狼都觉醒了。

狼的觉醒

我能感觉到今天早晨和其他早晨都不一样，但有一点还是一样的，那就是我依然能嗅到狼群的味道。

我的狼群里有我的六个孩子、我的丈夫，还有其他狼——四头成熟的狼和一头从其他地方过来的狼。

虽然我张大鼻孔用力闻了闻，但我感觉它们的气味没有以往那么强烈了。要知道，它们明明像往常一样，就在我的身边。

不过，我比从前更加能感受到它们了。

它们组成了我所在的这个群体。作为狼群成员，它们中的每一个都有自己的名字。

伟岸者……它是我的朋友。

奔跑者，这头公狼总能比其他成员先追到猎物。

瘸腿者，这头母狼曾有一次把自己当成了一只鸟，从过高的地方跳了下来。

号叫者，这头母狼的歌声比其他同类的都要动听。

思想者， 这头公狼总会先思考，再行动。

外来者，这头母狼来自别处。

而我自己是白狼，如我到湖边喝水时在湖面上看到的自己一样。

至于那些狼崽，它们得等到晚些时候才会有自己的名字，因为目前它们还未展现出真正的脾性。

这些名字早就在我的脑海里了，可在此之前，我从未能像今早这样叫出它们的名字，并像现在这样揣摩分析它们。

*

其他狼的表现亦不同了，仿佛它们也经历了和我一样的转变。我有点儿能听懂它们在说什么，而它们似乎也能理解我说的。

*

几个月来，几年来，人类一直在猎杀我们。尽管我对生活的感受与以往不同了，但过去的事我都还记得。为了躲避猎人的追捕，我们翻过高山，越过河流，甚至躲进了山洞。在这片森林里，我们可以找到吃的。不远处也生活着其他群居动物。

假如人类能够不再猎杀我们，我们便可以留下来。

假如我们能够阻止他们猎杀我们，阻止他们踏上我们的领地，我们便可以留下来。

我们大家都很饿，我们必须养活孩子们。现在，我们得出去捕猎了。

*

我于三天前觉醒了。

克莱芒和阿莉雅从车上下来，蒙田紧随其后。一出车门，它便飞到了高处，以查看周围的情况。“快看那边！”它朝着车尾的方向喊道，同时降落到了车顶。

克莱芒转过身去，只见一头雄鹿从树林里窜了出来。那头鹿似乎并不怕人，它径直向他们走来，在汽车后备厢前停下了脚步，仿佛想阻止他们打开厢门似的。阿莉雅朝它走近了一步，同时挥动着手臂：“喂！鹿先生，请你快走开哟！”

昂着头，它身形岿然，气势不凡，一对鹿角骄傲地伸向天空，高度远超过了这两个年轻人。

“别靠近它。它看上去并不处于正常状态，搞不好是会伤人的。”克莱芒小声说道。

这头雄鹿发出了一声嘶哑低沉、强弱不均的吼叫。阿莉雅抬头看向蒙田，这只灰鹦鹉已经飞到了更高一些的树枝上。“它在说什么？”

“我不知道。我之前从未听到过鹿语，而且这头鹿也没说多少内容。如果鹿语接近于牛语的话，那按照牛语的逻辑，它可能是在说‘我不想’或‘不是我’之类的，但我无法确定。”

劳拉和加布里埃尔也来到了车外。那头雄鹿一动不动，甚至当小疙瘩跳到路面上时，它还是不动声色。现场出奇地安静。没有一丝声音从森林里传出来，而那头雄鹿也依旧呆立在原地。

“现在我们该怎么办？”阿莉雅压低声音问道。

“我们轻手轻脚地缓缓回到车上，不要做任何激烈的动作。劳拉，待会儿你就慢慢地倒车，到时候这头鹿肯定不得不挪地方。”说着，加布里埃尔给大家做出了示范。接着，其他三人也惴惴不安地回到了自己的座位上。当劳拉重新打开点火开关时，车外右侧的一个移动物体引起了他们的注意——有团黑乎乎的东西在森林里移动。突然，它出现在了光线充足的地方。那是一头野猪，它大口地喘着粗气，一路碎步小跑，冲车子的方向而来。

“那是头独居的公猪，体型真够硕大的。瞧它那对巨大的獠牙！”克莱芒惊叹道。

当那头野猪来到汽车右前轮的位置时，它将头部猛地撞向车胎，紧接着车身便随着“嘶嘶”的漏气声塌陷了下去。

“它把轮胎顶爆了！”加布里埃尔大喊道。

野猪沿着车身右侧来到了右后轮的位置。它低下头，将猪鼻贴近地面，然后再次将头部撞向车轮，用獠牙扎破了轮胎。现在，车身已微微向右倾斜。

克莱芒突然走到车外，大声喊道：“够了！快滚开……”

此时，野猪已经绕到了车身左侧。它停下脚步，蹲坐了下来。它那锐利的獠牙闪着寒光，充满了威胁。它用闷闷的声音咆哮了一句，就好像说话时嘴里正在咀嚼东西一样。克莱芒不知道自己能否再向前走一步，他担心自己有遭受攻击的危险。“蒙田，你能听懂它在说什么吗？”

这只灰鹦鹉挥挥翅膀从树枝上飞下来，降落到了车顶上。“能，它使用的语言跟家猪的很像。我猜它在森林里一定碰见过觉醒的家猪，说不定就是我们前不久遇到的那群猪。”

“我对它的经历不感兴趣，我只想知道它此刻在这里究竟想怎么样。”

“噢，对不起，我来试着问问它。”

同先前遇到猪群时一样，蒙田也与这头野猪展开了对话，并且很快就对自己的发音有了信心。“它说它是迫不得已才这么做的，并且对此感到很抱歉！”

“你确定吗？这话听起来有点儿莫名其妙呀！”克莱芒问道。

蒙田发出了一连串低沉的呼噜声，在人类听来那简直是对野猪叫声的完美模仿。接着，野猪做出了回应。说话时，它面对着克莱芒，而不是蒙田。

“做出决定的并不是它。它说出了背后指使者，但我没有听懂那个词。反正不是那头雄鹿，因为它也是听命行事。据我理解，它是为了自保才与某个非常危险的家伙达成了一项协议。”

在蒙田翻译这段话时，野猪一直盯着克莱芒，似乎是在观察他的反应。随后，它又说了一段更长的话，依旧由蒙田负责转达：“它称它自己也不太愿意看到接下来即将发生的事，但它对你们确实怀有恨意……准确来说，它憎恨的并不是你们几个，而是全体人类……它恨人类一直以来都在毫无缘由地猎杀它和它的同类 。去年，一头母野猪和它的一群幼崽就是在这里被杀死的。你们在无节制地摧毁森林，以至它们都不知道自己该去哪里了。它不想你们再猎杀它们，也不想看到大量树木被砍伐。它觉得人类根本就不该再出现在这里。引用它的原话就是：‘高原地区现在是我们的领地，跟你们人类不再有半点儿关系了。’”

在交谈过程中，道路两旁的灌木丛间闪过了几个转瞬即逝的黑影。在断树的树枝后面，几个小脑袋只短暂地出现了一下，随后便无声无息地消失了，不久又在稍远处再次出现。克莱芒辨认出了好几种动物，包括一只黄鼠狼、一只小斑獛、一只松鼠……一只狗獾从树林里一瘸一拐地走出来，并远距离地驻足观望了起来。两只狐狸从树干后面冒出了头，身边还跟随着四只幼崽。若干只鸶和乌鸦降落到了雄鹿身后几米处的路面上，还有其他鸟也停在了道路两侧的树枝和树干上。所有动物都将目光投向了汽车的方向，仿佛在欣赏一场表演。它们似乎并不害怕，也不发出任何声音，几乎一动不动。蒙田带着一丝犹豫再次说道："我感觉当它说到'我们的领地'时，'我们'指的并不仅仅是野猪。它使用了一个更加宽泛的词，仿佛在代表一群动物发言似的……说不定它代表的正是眼前的这些动物。"说着，它展开了自己的右翅。

就在这时，野猪站了起来，好像是为了认真完成一项别人交代给它的任务一般，它绕过克莱芒，缓缓走到车的左前侧，用獠牙扎爆了第三个轮胎。接着，它回到雄鹿身边蹲坐了下来。那头雄鹿仍然杵在后备厢前。

克莱芒回到了车内。尽管天气温暖，但他却打了个冷战。

"气氛有点儿沉重呀。我们现在还能继续赶路吗？"加布里埃尔问道。

"绝对不行。我们不能用爆了三个轮胎的汽车行驶二十公里的盘山公路。现在只能打电话给汽车修理厂，然后等他们派清障车来把车拖走。"劳拉答道。

"这里没有信号！"阿莉雅苦笑道。

"既然这样，那我们就等别的车经过这里时，请求驾驶员把我们或我们中的一个带到离这里最近的汽车修理厂。"

"可是从刚才开始，根本就没有人经过这里呀。"

第八章　十一月

已经过去将近一个小时了，他们仍然被困在原地。太阳更接近地平线了。空气中多了一丝凉意，下层丛林变得更加阴暗了。克莱芒观察着车窗外的动物。突然，他看到它们颤抖了一下。一些动物挤作了一团，另一些则紧张地四下张望着。他打开车窗呼唤蒙田，这只灰鹦鹉立刻就飞回了车内。小疙瘩发出了低沉的咆哮，它的装置翻译道："你们闻到这股气味了吗？如此强悍……如此危险……"

小疙瘩立起身来朝窗外望去，然而却什么也没瞧见——它的视觉远比它的嗅觉要弱。尽管四个年轻人都瞪大了眼睛，但他们也什么都没看见。糖糖因为害怕而发出了哈气声，它从汽车后座上跳下来，躲到了前排座位下方。刹那间，一个黑影从横卧在路中央的断树上方跃过来，停在了车前。劳拉情不自禁地惊叫了一声。加布里埃尔努力向后靠，整个人深陷进了座椅中。

站在他们面前的是一头身形高大、四条腿瘦长的灰狼。它低下头，竖起了覆盖其背部和瘦削肋部的毛发，面部扭曲，鼻梁狠狠皱起，嘴唇翻咧，露出了泛黄的獠牙。与此同时，又有另外几头狼从树林里窜出来，冲到了路面上。就在一瞬间，他们的汽车被包围了。阿莉雅数了一下，一共有七头成年狼和六头幼狼。其中一头拥有一身漂亮的白色皮毛。狼群在咆哮和低吼着，但它们并不同时发声。很显然，它们在相互交谈：每头狼都在轮流发言，不过有时也会打断对方。它们都已经觉醒了。

“小疙瘩，你有办法知道它们想要什么吗？也许我们可以跟它们协商谈判……”

“我不太能听懂它们说的，但在我们犬科家族里有些词是通用的。它们谈到了‘吃’和‘杀’之类的字眼。”

蒙田插话道：“我猜它们就是这场埋伏的幕后主使。鹿和野猪都是听了它们的命令才行动的。欸，它们两个怎么不见了？”

车上的四个人同时转身向后望去。果然，透过后窗玻璃只能看到两头狼，它们在龇牙咧嘴地咆哮着。

劳拉重新启动了发动机：“没办法了，我们就试着这么开开看吧。无论如何，绝不能下车。”她踩下离合器踏板，挂上倒车挡，然后松开离合。发动机抖动了一下，熄火了。

“别着急，慢慢来。我们在车里很安全，无须惊慌。”阿莉雅说道。

“我不慌，只是轮子被什么东西卡住了。”劳拉回复道，语气有些烦躁。

“搞不好是那些动物偷偷用树枝卡住了轮子。再试一次吧。”加布里埃尔说道。

劳拉又做了一次尝试——还是不行。发动机在全速运转，但她就是无法倒车。她转动车钥匙，关闭了点火开关，然后转头对克莱芒和阿莉雅说道："我们得派一个人到车外去把卡住轮子的障碍物拿掉。你们有办法使它们后退吗？"

没有人应答。阿莉雅试图安慰大家："我们可以再等一会儿。总会有人经过这里的。"

太阳即将落山。森林里的阴影越来越浓了，但道路上的能见度依然良好。

"我感觉它们在等待着什么。"劳拉若有所思地说道。

"反正它们有的是时间，它们肯定打算等到我们出去为止。"加布里埃尔说道。

克莱芒努力回想着自己曾经了解过的与狼有关的知识。在动物解放团体内部，他们经常谈论这种动物，但理论可能与实际有出入，况且他不得不把它们已觉醒的事实考虑在内。"它们应该已经猜到了我们没有武器。它们在等待夜幕降临，因为到了那时候，我们就失去了良好的视野，这也是我们唯一的优势。它们打算稍后在黑暗中发动攻击。"

克莱芒的最后一句话警醒了阿莉雅："也就是说，留给我们的时间不多了。蒙田，可以拜托你去寻求援助吗？你只要找到一个村庄，然后跟那里的人说明情况。"

“那也得有人愿意相信我呀！”灰鹦鹉反驳道，但却也明白这是唯一的办法，于是又改变了主意，“好吧，我会尽量去试试，把车窗打开……”

“不行。我们一把窗打开，它们立刻就会猛扑过来，到时候把你吃了怎么办？”阿莉雅急忙制止道。她思索了一会儿。“加布里埃尔，待会儿你假装把车门打开，以吸引它们的注意力。与此同时，我会把车窗摇下来，让蒙田飞出去。你看行吗？”

“行。注意咯，我数到三。一，二……三！”他猛地打开车门，伸出了一条腿。就在他的脚要触到地面时，他又把腿收了回来，并关上了车门。尽管这一连串动作只持续了短暂的一瞬，但已足以引得两头狼冲过来扑向他。它们的上下颌牙齿因为咬空而发出了“咔嗒”的碰撞声，它们的利爪在金属车门上划出了道道划痕。同一时刻，阿莉雅已经悄悄打开车窗，让蒙田毫发无伤地飞走了。看到这一幕，狼群一边咆哮，一边向汽车围靠过来。

“这下倒好，你们把它们激怒了。”小疙瘩说道。

“反正只要我们留在车里，就不会有事……”克莱芒回应道。

“我倒不那么确定了，你们瞧！”加布里埃尔神色不安地说道。

或许狼群已经意识到了鹦鹉的出逃并不是个好兆头。那头高大的灰狼已经等得不耐烦了，它把一块大石头衔在了嘴里，然后朝汽车走来。两周前，它发现了一辆被撞坏的汽车，并注意到好几扇车窗都碎裂了。它在车内的一个座位上找到了一根香肠，并把它一口吞进了肚里。“这一次，等待我们的可是一个星期的食物……”灰狼在内心冷笑道，“只要把车窗砸碎就行。”

其他狼按兵不动，看着它行动。头几下撞击似乎完全无效，但很快，窗玻璃上就出现了一个砸痕，这个痕迹宛如蒙在车窗上的一片薄纱，每受到一次撞击，“薄纱”的面积都会扩大一些。几分钟后，灰狼松开了口中的石块。这时，另一头狼过来叼起石块，接替它继续砸了起来。一下又一下，它不紧不慢地砸着，显得非常镇定，并且充满信心。狼群已经没有了凶猛掠食者的一贯表现，它们不再怒吼咆哮，也不再露出獠牙。这种肉眼可见的冷漠反而令被困车内的四个人感到更加焦虑——这群狼似乎很清楚自己的目的，也知道要如何做才能获得它们想要的。

豹惠、加里和比尔已经在远处等了几个小时了。

他们到达农场时已经太迟了，于是只好远距离地跟踪劳拉的车。为避免跟丢，他们使用了一架小型无人机，并打算伺机而动。当他们看到劳拉的车停下时，一时间并不了解发生了什么事。于是，他们把黑色越野车停到了一堆岩石后面，并藏到了几个年轻人视线之外的地方。透过望远镜，他们观察着现场的情况。当看到一头鹿、一头野猪，以及一群因距离太远而无法识别的小动物时，他们没怎么弄明白那是怎么一回事。

即使是在狼群出现以后，他们也还是决定继续等一等，形势还没有到十万火急的地步，所以他们不想为一件可能失控的事情去冒险。令他们下决心采取行动的是一群秃鹫：当他们看到那群专吃尸体的猛禽盘旋在劳拉一行人的汽车上空时，他们才意识到情况不妙了。正当他们准备回到越野车里时，几个巨大的身影突然从森林里冒了出来。豹惠命令两个手下再等一会儿，以评估局势。

第八章　十一月

一种低沉压抑到几乎难以听见的声音顿时涌入了四个年轻人所在的汽车车厢。这种振动是如此强烈，以至于有一瞬间他们还以为是地震了。紧接着，一个巨大的灰色脑袋出现在了断树上方，一根长鼻子朝汽车的方向伸过来，嗅着空气里的味道。最后，一声象鸣终于让这四个人相信，闯入他们视野的确实是几头大象。它们的出现打乱了狼群本来的计划。

所有狼都僵住了。正在砸车窗玻璃的那头狼松开了嘴里衔着的石块。随后，它们把头转向了面前的这个庞然大物，并且都惊得瞪圆了双目，它们无不在怀疑世界上怎么会存在这样一种令它们难以想象的怪物。不久，第二头大象从森林里走了出来，接着是第三头……终于，所有大象都到齐了，它们在路旁一字排开。飞在它们头顶上空的是蒙田！

索菲（劳拉事后才得知是它）低下脑袋，用象鼻卷起断树树干，一下就将其甩到了路边。狼群龇牙咧嘴地低吼了几声，但实际上只是装装样子而已,这一点连它们自己心里都很清楚。象群集体前进了一步。这时，狼群立刻聚集起来，并慢慢退到了道路另一侧的树木旁。它们嘴里依然骂骂咧咧的，随即转身消失在了灌木丛中。

克莱芒、加布里埃尔和阿莉雅毫不犹豫地跳下车来，而劳拉则更加谨慎，迟疑了片刻后才来到车外。尽管她的弟弟曾告诉过她公园动物园里的象群已经觉醒的事，但她还不确定眼前的这些大象是否就是公园动物园里的那些，也不确定它们的到来究竟是为了保护他们，还是接替狼群继续恐吓他们。终于放下心来以后，劳拉热情地向索菲表示了感谢。面对劳拉，索菲缓慢地左右摇摆着象鼻，这是它在认真倾听的标志。

蒙田向大家讲述了自己的求援经过。它飞到了一座荒无人烟的村庄，在某个屋顶上停歇了片刻，这时，它通过脚爪感觉到了一种深沉的振动——就像四个年轻人在车里感受到的振动一样——它顿时意识到了象群就在附近，并在数公里外找到了它们。象群刚离开一个岩石环立的围谷——它们在那里休息了一个白天，当时正准备重新上路。在了解到事情的经过后，它们当即决定偏离原来的路线，赶来营救它们的朋友。

几个年轻人生起了一堆篝火，与其说是为了取暖，不如说是为了体验野营的乐趣。大象不太能够理解和感受火焰的魅力，在犹豫了片刻后，它们决定到距篝火几米远的地方休息。晚间聊天时，索菲向克莱芒等人讲述了它们的旅程，蒙田把它的话逐句翻译成人类的语言。

象群是在夜间出发的。在到达为其第一阶段行程提供补给的仓库后，它们在那里躲藏了好几天。动物解放团体的团员们在仓库里放置了十几捆干草和一个大水槽，他们估计这些食物应该够它们撑到动物园那边放弃搜索了。团员们都很支持象群的这趟长途迁徙，觉得这完全就是他们想要实现的计划。虽然动物园的负责人迫切想要找到它们，但警察还有别的事要忙——全国各地到处都是那些在道路上和城镇里制造混乱的牛群、马群或羊群，它们中有的已经觉醒了，有的还没有。他们称象群迟早会从其藏身处出来，然后便去处理其他事务了。

在接下来的几周里，索菲及其同伴们都在尽可能地保持低调。它们主要在夜间步行。当干草不够时，它们会采摘树叶来吃——尽管树叶已经泛黄，但基本还是可以食用的。与它们同行的还有两匹马：母马加拉泰和公马阿马德里亚斯。象群是在三天前往南部走时遇到它们的。跟蒙田一样，大象可以毫不费力地理解其他动物的语言，因此很快就与这两匹马有了交流。它们离开了自己之前居住的种马场，并且和大象们一样正在赶往一片新的栖息地。

加拉泰很开朗也很亲切，但它容易情绪激动。阿马德里亚斯很少说话，它生性敏感多疑，即使是在觉醒后也保持着孤僻内向的性格。觉醒的马还只是极少数，它们对人类和狗表现得十分警惕——它们警惕狗狗是因为它们质疑那些觉醒的狗狗与其主人的关系过于亲密。不过，虽然它们对上述两者极其不信任，但它们对其他动物（比如牛或鸟）提供的信息却深信不疑。某天，它们听说地中海沿岸有个天堂般的所在，那里有一群种公马和母马建立了一个自由社会。尽管心中有许多不安和恐惧，但这个消息还是令它们下定决心放弃了自己熟悉的环境。

“你们确定吗？你们描述的这个地方不会是卡马尔格[①]吧？可自从被海水侵占以后，那里已经不剩多少马匹了。而且我也不知道它们是否已经觉醒。如果你们有需要，我和动物解放团体的朋友们可以帮助你们。”克莱芒提议道。

“谢谢你，不用了。如果我们找不到这个‘野马共和国’，那我们就自己创建一个。”加拉泰回复道。蒙田立刻把它的话翻译了出来。

“你们的意思是，你们不愿意再和我们人类一起生活了，是吗？”劳拉问道。

“我们目前还没有下任何决定。就我而言，我挺喜欢载骑手的……不过，那也得是令我有好感的骑手才行……要知道，

① 卡马尔格是法国南部地区名，地处罗讷河注入地中海处的三角洲地带。当地的马匹十分出名，被誉为“白色的海之马”。

并不是所有马都愿意让人骑的。这个我们以后会再讨论。”加拉泰回复道。

索菲接着克莱芒刚才的话，谈到了另一个对它而言很重要的话题，即人类行为对自然的影响：“这次，我们亲眼见证了你们人类把自然改造到了何种地步。我们在沿途看到的景象与我们在电视里看到的完全不一样。我们经过的地方到处都是停车场、道路和一望无际的裸露耕地，至少在旅途刚开始的时候是这样。”

“这也挺正常的吧，毕竟庄稼刚被收割，新的庄稼还没长出来呢。”加布里埃尔回应道。

“这个我们当然知道，可这些田地的土壤肥力显然已被耗尽。而且我们还闻到了土里的气味,那味道别提有多恐怖了……里面掺杂着动物粪便的恶臭味和化学产品的刺鼻怪味，我们闻到后都觉得恶心不已。”

“我了解。你们穿越的是一个大量种植谷物的地区，你们闻到的是猪粪肥和农药的味道。并不是所有人都赞同这种土地开发方式的。”克莱芒解释道。

“作为独立的个体，你们是能够想出好点子的。但作为一个物种，你们真是糟糕透了。我们只希望一部分人的反思能够说服所有人改变自己的行为。不管怎么说，你们只能靠自己去拯救你们的土地，因为我们要回到我们的土地上去了。”索菲补充道。

“只怕你们要失望了。如果非洲的现实情况与你们想象中的不同，你们想过要怎么办吗？”阿莉雅问道。

“我们也得到了一些信息。局面正在发生转变。我们很愿意参与到这场动荡变革之中。”

“那你们有没有意识到这场动荡变革也会给人类带来影响呢？”劳拉问道。

“我们现在也是人类了，至少从某种意义上来讲是这样。”蒙田插话道。

“没错，我很赞同蒙田的观点。对于你们改造世界的方式，现在是时候让你们听听我们的看法了。如果我没弄错的话，你们已经在改变气候了。你们这样不择手段地利用大自然，就好像你们有权摧毁它似的。或许你们本来就很想摧毁它，我不清楚你们的真正想法。你们的所有财富都来源于对自然资源的过度开采，可这些资源并不是取之不尽用之不竭的呀。你们使土地变得如此贫瘠，使资源变得如此匮乏，以至于全球各地的生态环境都在逐渐走向崩溃。你们的人口数量在不断增长，你们的贪欲也在不断膨胀。事实上，你们的这些行为让我们感觉到你们好像未觉醒一样。”索菲回答道。

大家沉默了片刻。在这些动物面前，他们觉得很尴尬：它们似乎已经发现了地球的状况，就好像它们出外旅行了一趟，回来发现家里被强盗洗劫一空，或者说被一帮不知轻重的“熊孩子”毁得面目全非一样。

“依你们看，如果所有野生动物都像你们一样觉醒，那会发生什么事呢？”阿莉雅再次发问道。

“我不知道。但不管怎样，你们被狼群包围的这次经历应该给你们敲响一个警钟。我们大象不太喜欢这些掠食者，也不太喜欢狮子和老虎，但我们知道我们不得不与它们一起生活。如果我们消灭它们的话，我们的数量会急剧增加，到时候我们恐怕会像你们一样耗尽自己的资源。因此，我们必须学会与它们共处，而你们人类也应该这样做。”

这场讨论持续到了很晚。最后，他们拿出了在野外过夜的装备，裹上温暖的毛毯，在一群大象和两匹马的包围下准备入眠。糖糖躺在一头大象的背上，觉得幸福极了——它整晚都在发出呼噜声，以表达自己的愉悦和满足。劳拉带着轻松的心情睡着了，内心有了些许安慰，因为她终于坚信自己做出了正确的选择。尽管未来充满了未知与不确定性，但一些更新、更有益的发展思路已然开启。从今往后，人类得与动物们商量着去治理地球了。

在两公里外，豹惠、比尔·哈根贝克和加里·索朗正在极不舒适的越野车座椅上努力寻找睡意。那晚吹拂着微弱的东南风，他们的气味很难被察觉。他们仍在耐心等待着，一旦时机成熟，随时准备采取行动。

清晨，大象们把劳拉的汽车推到了路边。四个年轻人骑着大象和马离开了森林，开始朝山谷进发。克莱芒和小疙瘩由索菲载着。加布里埃尔、阿莉雅和糖糖坐在达尔文的宽背上。在征得加拉泰的同意后，劳拉骑到了它的背上。动物们快步向前行进着，大象的摇摆步态令坐在其背上的人类略有一种晕船的感觉。他们花了四个小时才到达附近最近的城镇。等大家从它们的背上下来以后，它们没有多作停留，立即原路返回，朝森林的方向走去。

三只动物看上去状态很好，但四个人却充满了疲倦和担忧。劳拉首先想做的是联系上一位能够把车拖走或能修车的汽修师傅。十一月的好天气持续不断，为了享受阳光，他们在一家咖啡馆的露天座位上坐了下来。喝完咖啡后，除了劳拉之外的三个年轻人出发去买面包和水果，以及动物们吃的猫粮、狗粮和瓜子了。糖糖更愿意留下来在阳光下打盹。蒙田觉得劳拉可能需要它的帮助，所以也留了下来。坐在桌旁，劳拉给最近的几个汽修厂打起了电话。

当她看到那辆黑色越野车停在咖啡馆门前的时候，一切都已经太迟了。两个彪形大汉从车里冲了出来，她立即就认出了他们。比尔一边朝她走来，一边微微打开外套，故意向她露出了手枪的枪柄。加里来到她身边，抓住了她的手肘，以迫使她站起来。她强烈地感觉到：眼前正在发生的这一幕是不可避免的，她的所有挣扎都只是在推迟这一刻的到来，这一次她无法再逃脱了。如同石化了一般，她全身僵硬，动弹不得，甚至连求救声都发不出来，任由他们把自己带走了。

糖糖被两个男人的脚步声吵醒了，它的反应可不像劳拉那样——在看到他们的一瞬，它立刻弓起背部，朝他们发出了哈气声。随后，它纵身一跃，扑到了比尔的胯部，将爪子深深扎进了他的肉里，并乘机咬了他的手腕一口。蒙田向加里的脸部飞扑过去。加里一边咒骂着，一边松开了劳拉。他俯身走路以躲避鹦鹉，然后揪住猫咪的后颈部，把它扯下来扔到了地上。与此同时，比尔已经把劳拉推进了车里。加里连忙跑到另一侧上车。豹惠随即发动车子，一溜烟地把车开走了。蒙田在距车尾几米处的上空紧追不舍。

克莱芒、加布里埃尔和阿莉雅回到了咖啡厅。他们发现劳拉已经不在了，一开始只是觉得有些惊讶。随后，他们注意到她的手提包还在桌上，这才意识到出事了。糖糖把劳拉被绑架的经过告诉了他们。不久后，蒙田飞了回来。它看到越野车沿着高速公路向北驶去了。三个年轻人沮丧极了。他们非常担心，不知道杰弗森会做出什么样的事来。可是，他们无法出发去追赶那辆越野车——劳拉的车仍在森林里。

他们正意志消沉地瘫坐在椅子上，突然，加布里埃尔的手机响了……

劳拉坐在后座中央，两旁是杰弗森的两个手下。她花了好几分钟才使自己镇静下来。他们刚才虽然牢牢地拽着她，但却没有做出过分粗暴的举动，所以她暂时应该没有太大的危险。另外，他们没有想到要拿她的手提包——包里装着她的实验记录本。因此，他们若想获得令他们感兴趣的信息，就只能留着她这个活口。唯一不方便的是，她现在没有手机了。不过，她想起自己还可以使用她的迷你移动电话——她一直把它像项链一样挂在胸前。眼下最紧要的，是赶紧把她的情况告知其他人。

“我必须打电话给加布里埃尔，他现在一定非常着急。”在说“打电话给加布里埃尔”这几个字时，劳拉故意抬高了音量，因而成功触发了移动电话的语音指令识别系统。

“抱歉，古皮小姐，您暂时还打不了这通电话。”在前排驾车的豹惠回应道。

“那要等到什么时候？”

“明天或者后天，等您向我们展现出积极配合的诚意时。”

“还是为了逆病毒的事吗？现在已经没用了。你们没看到周围的情况吗？所有动物都已觉醒或正在觉醒。”

“这只是您以为的真相。我们依然认为有可能回到过去。您将可以在最先进的实验室里工作，以开发出结束这场灾难性疫情的解药。”

“哪个实验室？你们要把我带去哪里？”

“您将和我们一起跨越大西洋，这样您才能有一个更清静的工作环境。”

“你们没有权力这么做。这是绑架！”

“怎么会呢？您将自愿陪我们到美国小住一段时间。去程坐几小时的飞机，回程再坐几小时，仅此而已。至于在那边待多长时间，这完全取决于您自己……”豹惠总结道，嘴角露出了一丝冷笑。

“嘘，是劳拉！”加布里埃尔看着自己的手机轻声说道，“来电显示的是她佩戴的迷你移动电话的号码，估计是她偷偷打来的。我们可以听听他们在说些什么，但绝不能让他们听到我们的声音。”

他们都凑过来围住手机。当豹惠说出“大西洋”和“美国”这两个字眼时，他们都默不作声地看了看对方，脸上难掩震惊的表情。然后，他们又继续等了一会儿，但越野车里已经没有人说话了。于是，加布里埃尔挂断了电话。

“他们打算通过飞机把她带走，而且恐怕很快就要行动了。可以想象，他们应该会使用私人飞机。因为如果坐客机的话，他们冒的风险太大——劳拉随时有可能呼救。”

“我们必须想办法阻止他们！”阿莉雅激动地说道。

“可我们怎么知道他们会选择哪个机场呢？如果是私人飞机的话，他们几乎可能从任何地方起飞……我们永远无法监视每一个机场。”加布里埃尔带着气馁的口吻说道。

“你们想想，他们现在其实很可能在回沃夫公司大厦的路上——飞往美国之前，他们总得回去接他们的老板吧。所以，他们选择的机场应该不会离那里太远。不过，这样也只缩小了一点儿需要调查的范围。”克莱芒分析道。

“我有一个主意！”说话的是小疙瘩。它用两条后腿站立了起来，同时摇动着尾巴，看上去很兴奋。

“我们可以通知夜帝，因为它有办法向乌鸦求助。你们还记得吗？我跟你们说过的，乌鸦已经觉醒了，并且跟夜帝达成了协议。它们可以帮忙监视附近所有的高速公路入口。”

“可怎样才能联系上夜帝呢？它又没有手机……”加布里埃尔问道。

“小疙瘩说得有道理。用不着手机。从这里乘 TGV 高铁[①]回去，不到三小时就可以到达。他们开车则需要六个多小时。这就为我们留出了一点儿时间。不过，还是得把劳拉的车修好才行，因为接下来我们可能用得上。”阿莉雅回应道。

“好，那你和加布里埃尔负责去修车，我带着小疙瘩和蒙田乘高铁回去。我们会找到夜帝，然后拜托它去请乌鸦们帮忙。”克莱芒说道。

“那我呢？我留在这里吗？”糖糖问道。

---

① TGV 高铁（法语：Train à Grande Vitesse）由法国国家铁路公司负责运营，时速可达三百公里以上。

“你跟我们走。”加布里埃尔答道。

阿莉雅的心中有一丝疑虑。她将目光转向克莱芒：“万一乌鸦们不肯帮忙，该怎么办呢？”

“那我们至少尽力尝试过了……”

回到城市以后，他们一刻也没有拖延——小疙瘩和克莱芒马不停蹄地赶去了公园，蒙田飞在他们的头顶上空。他们找遍了公园的几条小径，终于，小疙瘩嗅到了夜帝的气味。据它称，这气味是夜帝刚刚留下的。不一会儿，他们在小区的一个小广场上找到了它。它正在与自由之犬团体的其他成员交谈。小疙瘩向它解释了目前的情况，并一再强调：要想尽快找到那辆黑色越野车，它们必须立刻采取行动，因为时间已经不多了，一旦他们驶离高速公路，再想找到他们就难了。

夜帝很爽快地表示自己愿意参与这次行动。他们又回到了公园。然后，夜帝故意闯入了乌鸦们的领地。三四分钟后，从它们的头顶传来了刺耳的叫声：“禁止！禁止！快离开这里！”

“我想找查理谈话。”夜帝吠道。它的话立即被小疙瘩佩戴的装置翻译了出来。

那只乌鸦围着它们转了几圈，然后飞向了那棵高大的橡树。片刻之后，它与查理一同飞了过来。查理降落到了地面，与夜帝保持着一定的距离。它说了一句简短的话，另一只乌鸦将其翻译成了狗语。接着，小疙瘩的装置又将之翻译成了人类的语言。“我们可以谈，但无关者必须离我们远一些。”

克莱芒和小疙瘩往旁边挪了几步。克莱芒拜托蒙田确认小疙瘩的装置是否准确翻译出了双方交谈的内容，并在必要时替他俩发言。

查理同意帮助他们。其实在此之前，它已经仔细思考过了夜帝跟它说的话，并已下定决心要阻止一切回到过去。它叫来了它的中尉们，这群乌鸦降落在了克莱芒和两只狗的面前。蒙田跟它们讲解了如何识别那辆越野车，并描述了车牌上的字母和数字的形状。如果这些乌鸦停在横跨高速公路上方的高架桥上，那它们应该可以识别出那辆车，况且那辆车还可能因为傍晚时分的交通拥堵而减缓行驶速度。不久，查理怀着一定要找到劳拉的决心，带领着一百多只乌鸦飞走了。

从克莱芒与他的两个朋友在火车站站台上分别到现在，时间过去了不到四个小时。

与此同时，加布里埃尔和阿莉雅到当地的警察局报了案，希望警方能够展开搜寻工作。然而，接待他们的警官对劳拉的失踪似乎并不担心：

“她已经成年了，不是吗？你们有没有想过她可能是自己决定离开的？要知道，这是常有的事……你们亲眼看到她被绑架了吗？你们能够为自己陈述的内容拿出任何证据吗？”

面对雪片般的问题，他们不知道该如何作答。整件事听起来是如此令人难以置信……果不其然，当阿莉雅提出要让糖糖来作证时，对方以一个充满嘲讽意味的耸眉动作拒绝了她的提议。看到这种情况，加布里埃尔解释起了事情的来龙去脉，病毒、小疙瘩、大象……警官听得有点儿厌烦，便告诉他们自己实在没有很多时间，并把他们打发走了。

正如克莱芒所推测的那样，豹惠一行人确实回到了沃夫公司大厦。在豹惠上楼去接保罗·杰弗森时，两名手下仍然留在车里看守后座中央的劳拉。他们在黑暗中等待了一会儿，突然，强烈的灯光照亮了空旷的停车场。比尔和加里警觉地挺直上身。劳拉多么希望此刻能有人出现，救她脱离险境。

然而，出现的是豹惠。跟在她身后的是杰弗森，他手里提着一只小型行李箱。他们上了车，杰弗森转头对劳拉说道："古皮小姐，很高兴终于又见到了您。请原谅我们的不依不饶，因为我们实在不能没有您的帮助。我很清楚您在这里并非出于自愿，但我可以跟您保证，您将不会受到任何伤害。"

劳拉扬起眉毛表示惊讶。

"当然，前提是您必须跟我们合作。"他补充道。

接着，杰弗森用英语与比尔交谈了起来，以安排此趟行程的一些细节。看样子，飞机的航行路线还没有完全确定下来。

"我们直接把她带去拜尔斯顿吗？"比尔问道。

"闭嘴！没到目的地之前不许把地名报出来！"杰弗森斥责道。

拜尔斯顿……熊之巢穴！劳拉终于有新的消息可以提供给她的朋友们了。她打断了杰弗森："我刚才跟您的助理提过，我必须打电话给加布里埃尔。"

一阵轻微的振动提示她电话已经接通。

"我刚才似乎听到你们提到了拜尔斯顿？所以您的实验室是在拜尔斯顿，对吗？"劳拉问道。但她的行为太过刻意，以至引起了杰弗森的疑心。

他语气生硬地对豹惠说道：“你们没有搜她的身！我敢肯定她身上有移动电话。快，把它找出来没收。”随后，他又转过头去对比尔冷冷地说道：“要是出了什么岔子，我唯你是问！没用的东西。”

才一会儿工夫，豹惠就看出了劳拉佩戴的项链有问题。“真漂亮！”她讽刺道。说着，她把形似吊坠的迷你电话从链子上摘了下来。“等您完成了您的工作，我自然会把它还给您。”

夜帝、小疙瘩和克莱芒在公园里等待着鸦群归来。他们给鸦群设定了时限——超过规定时间后，再监视下去也没有意义了。已经有好几只乌鸦自己回来了。不久，一大群乌鸦降落在公园里，其中包括查理。查理向夜帝汇报了现场的情况：鸦群按计划执行了任务，但它们可能到得太迟了，也有可能是越野车走了另一条路。克莱芒和两只狗带着无比失落的心情走出了公园。克莱芒试图给加布里埃尔打电话，但电话没接通。夜帝独自离开了，而克莱芒则带着小疙瘩回家了。

他不知道自己还能为寻找劳拉做些什么。

其实，查理还有一个“B 计划”，但它从未想过要向人类甚至是狗透露这个计划。它再次把它的中尉们集结到了一起，并向它们宣布“自由天空”行动正式开启。它的军队分散到了四面八方。夜幕正在降临，但这些乌鸦都在光线不足的条件下接受过飞行训练。它们飞到了椋鸟的宿舍：它们将所有椋鸟以旅为单位进行划分，同一个旅的椋鸟住在同一个宿舍。

两个月来，它们始终使这些椋鸟保持兴奋状态，不是让它们进行长途飞行，就是让它们扫荡麦田。在操练的间隙，乌鸦们会不停地对它们发表讲话，其实只是为了重复几条简单的信息：第一，为确保它们的家庭受到保护，它们必须服从命令；第二，它们的斗争是一项神圣的义务；第三，在必要的时候，它们的牺牲将可以为它们的后代创造和平安宁的生活环境，并让这些后代在这样的环境中建立自己的家庭；第四，若它们不拿出勇气，不保持纪律性，它们所代表的物种将会永远灭绝。查理试图运用自己在受教育期间听到的知识给它们洗脑。

而那一晚，乌鸦们唯一的目标是捍卫觉醒——劳拉·古皮的存在使之受到了威胁。查理不太明白：就算这个由狗、鹦鹉和人类组成的奇怪组合能够成功找到劳拉又如何？不过，它很清楚该怎么做才能永绝后患，彻底消除回到过去、堕入蒙昧的可能性。尽管它没有经历过觉醒前的状态，但它在某些因离群索居而没被病毒感染的乌鸦身上见识过这种状态。它们的愚蠢令它厌恶至极。

按照查理的命令，它的中尉们分成了三组，每组分别负责袭击该地区的三个主要机场之一。夕阳西斜，平原上万物的影子已被拉得老长。就在这个时候，它们召集所有椋鸟组成了数团巨大的“乌云”，并开始在飞机跑道和机库上空盘旋。凭借着精湛熟练的飞行技巧，它们一再骤然改变飞行方向，叫人完全无法预测它们将要飞去哪儿。驱鸟车上的高音喇叭循环播放着驱散鸟类的叫声，这些叫声本该将它们吓跑的，但椋鸟们是如此习惯于遵从乌鸦的指令，以至于它们对此根本毫无反应。此外，机场的航空安全负责人还发射了许多噼啪作响的煤气炮，把一大片椋鸟分散成了数个稍小的群体。然而，在乌鸦们的带领下，这些椋鸟很快又恢复了原来的队形。

在其中的两个机场，为防止事故发生，所有机种一律暂时停飞。在第三个机场，航空交通管制员以为所有鸟都已经被赶走了，于是向一架宽体客机发出了起飞指令。然而，就在它离开地面的一瞬，一团椋鸟不知从什么地方飞了出来。指挥它们的乌鸦直接把它们引向了其中一个喷气发动机。发动机的涡轮叶片因受到撞击而断裂，断裂的碎片在被高速抛出时击穿了机身。随后，该发动机起火并停止了运行。控制塔立即下令清空跑道，以便让飞行员驾驶客机返回机场，进行紧急着陆。降落过程相当惊险，其中一个起落架因承受不住冲击而损毁了，幸好消防队及时赶到现场扑灭了火势。最终，机上的二百九十名乘客中只有几人受了些轻伤。

第二天，鸦群使其他地区的机场也先后陷入了瘫痪。它们甚至袭击了一些小型机场——这些机场的跑道只能供小型飞机起降。一架私人飞机正是在其中一个机场坠毁的：这架飞机因一个发动机在飞行中爆炸导致机尾着火，最后不幸失事了。事故中的七名遇难者也是乌鸦们到目前为止造成的唯一一批死难者，但它们已经达到了自己的目的。为避免其他事故发生，法国民航当局已下令暂时关闭所有机场，直至他们找出一种把鸟驱逐出跑道的办法。

实际上，查理的军队还是失败了，因为它们并未能实现此次行动的关键目标——当乌鸦们发动第一次进攻时，杰弗森的私人飞机已于一个多小时以前起飞了，同在飞机上的还有劳拉。

第九章　十二月

OIE（国际兽疫局，又称“世界动物卫生组织”）公报

OIE 提倡建立一套预防机制，以限制 SVF 兽疫的传播扩散。该机制旨在对牲畜和宠物的国际贸易进行极为严格的管制。OIE 建议停止从受污染地区进口任何活体或死亡动物，包括肉、奶、蛋、皮革和羽毛。此外，应当禁止乘客携带宠物登上飞机或船舶。在所有受感染国家，不论是农业部、环境部，还是各兽医部门、狩猎机构和野生动物机构，都已被动员起来，以保持必要的警惕性，并采取适当的卫生措施。

在了解到乌鸦们组织的行动后，阿莉雅、加布里埃尔和克莱芒都惊恐不已。他们焦急地等待着有关那架坠毁的私人飞机的消息。当得知劳拉并不在遇难者名单中时，他们都松了一口气。机上除三名机组人员外，其余四位是带着猎犬外出打猎的猎人。克莱芒拨通了沃夫公司的总机号码。在电话里，他谎称自己是路易·格兰贝尔，进而得知保罗·杰弗森已经返回美国了。也就是说，乌鸦们未能阻止他们带走劳拉。

加布里埃尔试图通过理性的思考来克制自己的担忧，杰弗森实在太需要逆病毒了，所以他不会伤害劳拉的。也许吧，可等他得逞了以后呢？没有任何迹象表明他会轻易放她回来。因此，他必须在她把逆病毒交给杰弗森之前找到她。要研发、制造该病毒，她肯定需要一些时间，而且接下来，她还得在大鼠、狗、牛等动物身上进行试验，以验证她的新病毒确实能够抵消前一种病毒的效用……所有这些工序为他们寻找劳拉留出了一丝宝贵的时间。一旦确认了她的位置，他们便可以向地方当局求助。尽管上次去警察局报案的经历向他证明了警方不一定会帮助他们，但在美国，情况或许会有所不同……

说到这个，他现在已经知道劳拉被带去了哪里。假如她在接下来被转移到别处，她肯定能想到办法来通知他们。就目前情况而言，他们需要锁定的目标是拜尔斯顿。他们很快就搜索到了这个被称为“熊之巢穴”的地方：它位于美国东北部的缅因州中部。从卫星图像上来看，整个地区遍布湖泊和森林。距其最近的一个村庄叫作“福克斯克罗夫特”，字面意思是“狐狸小农场”。由于劳拉的姓氏恰巧与狐狸有一些渊源①，因此他们几个在看到这个地名时都会心一笑，权当是苦中作乐了。该村庄位于拜尔斯顿以南八十公里处，不过这是直线距离，至于走路要多久，他们无法从网上得知，只有抵达那里之后才能知道。

加布里埃尔可以使用他姐姐的银行账户，所以买机票不成问题。但现在说这个已经没有意义了，因为所有飞机都停飞了。几个年轻人试图通过夜帝来与乌鸦们协商。夜帝咕哝着表示自己可以出面说服乌鸦们解除对机场的封锁，但最后却是无功而返。

克莱芒想出了乘船穿越大西洋的点子。加布里埃尔打趣地说道：“是啊，在大冬天里乘风破浪，为什么不呢？你会驾船吗？”

“我说的乘船不是乘帆船，而是乘货轮，比如集装箱船。”克莱芒已对这类船的航行时间、旅行费用以及载客人数作了一定的了解，“货轮虽比不上豪华游轮，但船上也有健身房、桑

① 在法语中，狐狸的旧称是“goupil”，与姐弟俩的姓氏“Goupil”一致。

拿浴室、图书馆……”

加布里埃尔很快就被说服了：“好，这听起来的确是个好主意。我会去了解一下，看看最近是否有货轮从勒阿弗尔或马赛出发前往美国，然后订一张船票。”

“为什么只订一张船票呢？”克莱芒问道。

“我去是因为我必须找到劳拉，可你没有理由要陪我一起去呀……”加布里埃尔犹豫了片刻，然后继续说道，“阿莉雅也一样。”

克莱芒已经考虑过了，他觉得这趟旅程比他在学校里听几堂课更有意义。况且，他根本不打算让他的朋友单独前往。他认识动物解放团体在纽约的一些合作伙伴，这些合作伙伴或许可以为他们提供帮助。至于他父母那边，他会跟他们解释称这次旅行是为了完成一项外语实习……

“我可以试着跟我的父母去商量这件事，但我不确定……”阿莉雅的话还没说完，加布里埃尔便打断她道：“你不能去。你得留在学校上课，这很重要！”

“我绝不能让你独自去，你一个人根本应付不了国外的生活，你连英语都不会说。”阿莉雅反驳道。

“我就算英语再烂，买吃的总还是没问题的……”

“不管怎么说，我去定了。”

她知道她其实很难说服自己的父母，但她毕竟已经成年了，尽管她刚满十八岁没多久。她从一开始就参与其中，因而感到自己对所发生的事也负有部分责任——她一直都很支持让动物觉醒的想法，要不是她那么固执，也许劳拉最终会选择制造出逆病毒，那她现在也不会失去自由了。另外，这对她而言也是一个暂时摆脱父母的机会——家里的氛围令她越来越感到窒息。鉴于这些原因，她很希望能够与她的朋友们共渡难关。等他们回来以后，她再继续自己的学业也不迟。

加布里埃尔凑到阿莉雅的耳边窃窃私语道："谢谢你……"

"那我们呢？我们的意见对你来说重要吗？"糖糖喵喵地说道。

对于穿越大西洋这件事，糖糖本来并不热衷，但它觉得自己没能保护好劳拉，所以坚决想要参加这次营救行动。自从上次与杰弗森的手下发生冲突以来，它不得不承认，它对事情的态度并不像它表面装出来的那样冷漠。

小疙瘩一刻都未想过要留下来。克莱芒对此有些惊讶。他知道从理论上讲，它已经不再是"他的"狗狗了。虽然他也觉得现在的小疙瘩比以前更有思想、更有趣，但他却有点儿怀念他俩从前的那种简单而又牢固的关系。现在，它决定跟加布里埃尔一起出发。它甚至都不曾问过他的意见。

至于蒙田，大家对它的加入没有任何异议。它对劳拉遭遇到的不幸感到震惊和恐惧。自从了解到劳拉在它以及其他动物的觉醒中所扮演的角色后，它一直都对她十分崇敬。因此，它已在第一时间表示自愿参加这次旅行。更何况，每个人都希望能够继续聆听它那些明智的建议。借此机会，它立刻又提出了一条："阿莉雅，为应对我们在美国可能遇到的情况，如果您能再制造一个翻译器，那对我们应该会非常有用。那边的许多动物似乎都已经觉醒了，到时候我们很可能会需要向它们寻求帮助……"

小疙瘩在小广场上找到了夜帝。自乌鸦们对机场发动进攻以来，它俩经常见面。小疙瘩把三个年轻人决心将劳拉从沃夫公司的魔爪中救出来的事告诉了它。

"都是因为那群乌鸦，我们现在不得不乘船渡过大西洋。我们订到了一艘货轮的船票，它将从勒阿弗尔出发并于八天后到达纽约。我们大体知道劳拉被扣留在了什么地方。不出几个星期，最多两个月吧，我们应该就能找到她，并把她带回来。

等我回来时，我会很高兴再见到你的。”

“唔……我也是，那是自然的！”夜帝语带犹疑。它一方面为劳拉和杰弗森的事感到担忧，另一方面又难以抵抗小疙瘩对它的吸引力。它舍不得小疙瘩离开，但它也想了解有关这次旅行的更多细节……

这只年轻的小母狗继续说道：“你呢？你的动物主义计划有进展吗？”

“嗯，有进展……”夜帝改变了话题，它在内心已经做出了决定，“你们什么时候出发？你知道你们将要乘坐的货轮叫什么名字吗？”

沙蚕号是通用海运公司的最高规格货轮。它长三百六十米，宽四十五米，能够运载一万两千个集装箱，平均航速可达二十节[①]。

在这个庞然大物面前，加布里埃尔和克莱芒吃惊得目瞪口呆。一旁的阿莉雅则借机给他俩详细介绍起了这艘货轮的

① 节是一个专用于航海的速度单位。1 节等于每小时 1 海里，也就是每小时行驶 1.852 千米。

特点。她个人对那些正在忙碌作业的起重机更感兴趣——它们把集装箱一个接一个地堆叠起来，堆了足有二十多层高，令人叹为观止。

劳拉的积蓄足以购买三张船票，但买完后账户上的钱也所剩无几了。接下来为了寻找劳拉，他们估计需要在美国度过几个星期。要想应付这段日子的开销，他们不得不精打细算地花钱了。但不管怎样，在海上航行期间，他们将可以享受高质量的饮食，至少通用海运公司的传单上是这么说的——他们使用了“丰盛美味”“船员百分之百满意”这样的广告语来形容货轮上供应的餐食。他们已经设想好了：他们将在每次用餐时多拿一些食物，以留出一点儿给小疙瘩和糖糖。至于蒙田，它坚持要求阿莉雅在行李箱里装一包瓜子。

事实上，宠物是禁止登船的。因此，他们不得不把三只动物藏起来，以免它们被乘务员发现。在过海关时，他们刻意带了两只装满书的大行李箱。接着，在登船之前，他们绕了点儿路，来到了集装箱堆场的过道里。在那里，他们把箱子里的书都取了出来，然后把前来与他们会合的小疙瘩和糖糖装了进去——糖糖是翻越铁丝网进入港口区的；小疙瘩办不到，因此只能从海里游过来。

就这样，他们带着猫咪和狗狗登上了货轮——并未有人再次检查他们的行李。他们来到了前期预定的两个位于艉楼[①]内的居住舱室：小疙瘩与加布里埃尔和克莱芒住一间，而糖糖则与阿莉雅住一间。至于蒙田，它通过舷窗飞进了阿莉雅所住的舱室。

在出发之前，船长接见了所有乘客。他向他们简单介绍了这艘轮船，并为他们讲解了安全须知。只有一个细节令加布里埃尔他们有些苦恼：舱室的门一律不许上锁。也就是说，船员有可能随时进入他们的舱室，并发现躲藏的宠物。阿莉雅比较理性，她告诉两个男孩，这艘船的船员数量并不算多，而且几乎一直都在忙着打扫、刷漆或修修补补，所以不必太担心。艉楼分为六层，乘客们可以自由参观，但暂时不能下楼到甲板上去，因为船员们已在那里奔波忙碌了起来，为轮船起航做着各种准备。

夜帝溜到了码头上的几堆集装箱之间。它闻到了小疙瘩的气味，于是循着它的踪迹来到了这里。突然，它嗅到了一股浓烈的气味，里面混杂着好几只狗的体味、鱼的腥臭味，以及一

① 艉楼指船尾部的上层建筑。

种未知生物的味道。码头边缘不断传来海浪拍打海岸的声音，导致它难以听清正在发生什么事情。也罢，毕竟现在不是看热闹的时候——它正在寻找一种登上沙蚕号的方法。否则，它很可能会对这一幕感兴趣：坐在码头上的四条狗正在与一头直立漂浮、仅把脑袋露出水面的海豹交谈。

还剩数十个集装箱要装上货轮。夜帝注意到了其中有一批罐式集装箱，这种集装箱的液罐和框架之间留有一些空间。幸好它的身材不似宾果那般肥大，它毫不费力地钻到了液罐底部的空隙处。藏在液罐的阴影中，它几乎无法被发现。当起重机上的操作员放下吊具，抓起罐箱并将之吊起时，夜帝被迅速带到了空中，然后被安放在了艉楼前方不远处的一摞罐箱顶部。

从罐箱上的标签来看，掩护夜帝的液罐内装的应该是橄榄油——在用嘴拧动罐底的阀门后，它品尝了流出来的液体，确认是橄榄油无误。它周围的其他液罐中分别装有蜂蜜、啤酒和矿泉水。本来，夜帝还在考虑该如何在船上找吃的，并且已经做好了长期挨饿的准备。现在看来，至少食物问题已经解决了，尽管它的食谱将会比较单一。

小疙瘩正在舱室里等着两个男孩回来。忽然，它嗅到了夜帝的气味。夜帝的到来既让它感到安心，又让它隐隐有些担忧：安心是因为它知道夜帝很机灵、很能干，担忧是因为夜帝的性格变幻莫测。小疙瘩决定暂时不向克莱芒他们谈起这件事。

整个港口被浓雾笼罩着。当货轮通过指示港口出口的一对灯塔时，船长的第三副手拉响了雾笛。在聚集着阿莉雅、加布里埃尔、克莱芒、糖糖、小疙瘩和蒙田的舱室里，雾笛的低吼声久久回荡，听起来有点儿阴森可怖。

突然，糖糖的翻译装置被触发了——它误把货轮的鸣笛声当成了一种语言，于是用猫咪选定的男演员的嗓音翻译道："恶劣天气警告……"

致 谢

这本书的问世在很大程度上要归功于所有鼓励和帮助过我的人，尤其是桑德里娜·博尼尼、安托万·德鲁、卡罗勒·特雷博尔、吉勒·塔尔瑞、琳达·阿舍，还有保拉·格列科，是她的热情给了我写这本书的动力。当然，我还得感谢安娜－玛丽和莱奥，因为他们每天都在容忍我在幻想世界神游的行为。